농부

소설 농부

김운기 장편소설

정은출판

■ 서문

농부는 국가의 보물이다

'농부' 농자천하지대본 농사는 천하의 우선이라는 이 말은 옛 조상님들이 곡식의 씨앗을 찾아 흙에 묻어 곡식을 가꾸어 사냥으로 굶주리던 배를 채우면서 소집단이 생기고 마을이라는 공동체가 구성되고 국가로 발전하면서 농사의 기능이 국가의 첫 과제가 됐다.

일본에 강압으로 나라를 빼앗기고 곡식마저 탈취당해 굶주리던 우리는 더구나 왕권이 공신들에게 토지를 나눠줘 부자가 생겨나고 대부분의 농민들은 소작농으로 부자의 땅을 빌려 수확의 절반을 바치고 '보릿고개'에서 양식이 떨어지면 40%의 장려쌀 이자를 보태 부자들 배를 채워주는 악순환을 겪으며 가난하게 살아왔다.

배고픈 농부는 막걸리로 배채우고 일에 지쳐 또 한잔 하다 막걸리에 중독되어 60을 넘지 못하고 세상을 떠났다.

타의에 의해 조국이 광복을 맞이 했으나 남북으로 쪼개져 가난은

멈추지 못했다.

중학교를 마친 '김영구'라는 청년이 아버지를 도와 농사일을 배워 피땀을 흘려도 가난을 벗을 수가 없어 농법을 바꾸고 자립해 보려고 18세 봄날 군대에 자원 입대하여 전방에 배치되어 만기제대 하기까지 농사에 경험이 많은 선임자들에게 새 농법과 특용작물 재배 경험담을 2년동안 수첩에 기록하고 휴가 때 농촌진흥청을 찾아가 새 농법과 우량품종의 '씨앗' 정보도 얻어왔다.

그는 농촌도 잘살 수 있다는 목표를 세우고 제대와 동시 3천 섬 곡식이 쌓인 인심 나쁜 부잣집에 머슴으로 들어가 구태의연한 생활 방식을 바꾸어 주인의 신망을 받아 새경(품삯)을 받으면 장려쌀로 풀어 재산을 늘려 4년 만에 밭을 사고 흙벽돌 집을 지어 자기가 소망하던 성공의 토대를 다져 나갔다.

80%가 문맹자인 89구의 마을을 발전시키려고 공동으로 마을회관을 짓고 청소년과 청년들, 특히 결혼 정년기의 처자, 갓시집온 새댁도 농한기에 글을 가르쳤다.

3년만에 문맹자를 없애고 마을의 단합과 서로 돕는 분위기를 활성화시켜 청년지도자로 선발되어 머슴 신분에서 부락의 지도자가 됐다. 야학의 효과는 이웃과 이웃으로 번져 농촌의 문맹이 줄기 시작했다.

결혼 후 세 자녀를 도시로 보내 초등학교부터 자식들 교육에 힘을 쏟았다.

뼈빠지게 농사일, 담배농사. 고추농사 새로운 농법을 배워 자식들 뒷바라지를 하며 세 자녀를 대학과 외국 유학까지 보내 농부로서 대 성공한 사례.

필자는 소년 시절부터 농촌에서 자랐고 14살 때 부친의 병환으로 밭농사를 가꿔온 경험을 토대로 37년동안 신문사 사진기자로, 사진작가로 농촌을 답사하며 농민들의 어려움도 깊이 관찰했다.

농공사회가 산업사회로 바뀌면서 농경문화가 퇴색돼 가는 것에 안타까움과 비닐이 없던 시대, 한지에 들기름을 먹여 작은 온실을 만들고 그 속에서 담배묘를 키워 목돈을 만들어 자식을 키우며 지혜롭게 살아온 김영구라는 가상의 농부를 관찰하며 글로 엮었다.

1950년대부터 1990년 말까지 글로 정리해서 진실된 농촌의 참 모습을 보이고 싶었다. 인심 좋고 아름다웠던 농촌, 가난을 극복하기 위해 서독 광부로, 사막의 무더위 중동에 젊은이들을 보내고 아까운 젊은 청춘의 간호사, 죽음의 월남전쟁터에서 '달러'를 벌어와 나라를 세계에서 경제강국으로 발전시킨 선구자들, 오늘의 현실은 어떤가? 힘든 일 하기 싫어 가상의 실업자가 되어 국가의 보조금을 받는가 하면 일간신문에 크게 보도된 "내 아들을 기름 묻은 공장에 보낼 수 없다"라며 작업 현장에서 아들을 강제로 끌어낸 어머니. 힘들고 어려운 일, 누가 하는가? 외국 젊이들이 대신하고 있다.

어디 그뿐이랴 정치인들은 당파싸움, 북한에서는 우리를 죽이려고 원자폭탄을 만들고 미사일을 쏴대는데, 남의 일처럼 강건너 구경하듯 이래도 되는가?

우리나라는 쌀이 남아 도는데 그것이 식량자급이 넘쳐서가 아니라 서양 먹거리를 좇아 밀가루, 소고기 대체음식으로 쌀 소비를 하지 않기 때문이다. 우리나라 자급식량은 가축사료를 합쳐 30%도 안돼 세계에서 꼴지인데 그래도 쌀이 남아돈다. 안타까운 일이다.

쌀의 적정량을 재배하고 남는 땅에 자립이 3%로 밑도는 밀을 심고 보리,콩 등을 재배하고 수입 농산물을 줄이면 사료작물에도 도움이 될 것이다.

일제 강점기 암울했던 시절, 나라를 빼앗기고 절망일 때 '상록수'라는 농촌 계몽운동 소설로 희망을 찾게 했던 '심훈' 작가의 농촌 관찰력과 나라 사랑 어찌 잊으리요,?

우리는 기름진 농토를 아끼고, 식량자급, 나라 사랑에 모두 힘을 합쳐야 한다.

2023년 4월 봄날에

김운기

차례

1.	군에 입대하다	11
2.	머슴으로 입문하다	23
3.	자립하다	47
4.	영구의 결혼	55
5.	농작물 실험	61
6.	소금 장사를 하다	67
7.	담배 농사를 하다	75
8.	통일벼 육종한 '허문회' 박사를 만나다	81
9.	농촌지도자로 거듭나다	85
10.	포도밭을 운영하다	91
11.	큰아들 결혼	95
12.	운명적인 만남	113
13.	주현과 멀린의 결혼	129
14.	김영구 님의 칠순 잔치	137

1.
군에 입대하다

"숙희야! 너 시집가야지."

"아버지 저 고등학교 졸업한 지 일 년 지나 이제 18살이에요. 벌써 시집을 가라니요."

"아는 친구가 동막골 이장인데 자기네 동네 인물 좋고 일 잘하는 19세 청년이 있는데 중신을 하라는데 너와 맞선을 보여주면 어떨까?"

"저는 아직 나이 어린 소녀인데 그렇게 쫓아내고 싶으신가요?"

"이름은 김영구라 했던가 내가 언제 한번 만나보고 차차 얘기하자"

숙희는 아버지 말씀에 얼굴이 붉게 달아올랐다. 혹시 내가 좋아하던 중학교 때 한 해 선배인 김영구가 아닐까? 그였으면 좋겠다.

가슴이 콩닥콩닥 뛰었다.

영구는 중학교 때부터 친했던 한 살 아래 안숙희가 생각이 나서 입대하기 전 만나고 싶어 곰실마을로 숙희를 찾아갔다.

학교 다닌 시절 숙희를 집에 데려다준 기억이 있어 쉽게 찾아갔다

"숙희 양 집에 있나요.? 저는 동막골에 사는 김영구라고 합니다."

문이 열리더니 안에 있는 어머님이 얼굴을 내밀며

"누구신가? 어째 우리 딸 이름을 묻지?"

"학교에 다닐 때 친하게 지내던 친구입니다."

"심부름 가서 좀 늦을 것 같은데 내일 오면 안 될까?"

"예 제가 군에 입대하는데 가기 전에 한번 보고 싶어 왔습니다. 제 얘기나 전해 주세요"

숙희를 못 보고 영구는 훈련을 받고 전방부대로 배치됐다.

"야. 김 이병 너 왜 군대에 일찍 왔노?"

"네 김 병장님 사연이 많습니다."

"아 그리고 보니 우리 부대에서 나이가 제일 적구먼, 임마 사회에서 놀다 징집 때가 되면 자연히 부를 텐데 와 이리 빨리 왔노"

오전 내내 각개 전투훈련을 마친 대원들이 끼리끼리 모여 비상식으로 점심을 먹으며 여기저기서 주고받는 이야기들이 진지했다.

"김영구, 나는 군대 오기 전 카바레에 있었는데 한세월 갔지. 너 제대하면 한 자리 잡아줄게. 그 직업이 돈벌이는 크게 안 돼도 마음에 드는 여자와 춤도 함께 추고, 청춘의 꿈도 같이 꾸고 술도 먹으면서 환상 속에서 사는 게 얼마나 좋은 데 아주 꿈나라지?

네 손금 좀 보자, 아따 손이 왜 이렇게 거치노, 니 농촌 총각이구먼 아깝데이. 사회에서 만났으면 나와 같이 살면서 장가도 가고 돈도 조금은 모았을 텐데. 야, 이놈, 얼굴 좀 보래이 얼마나 잘 생겼노? 그래 우리 소대에서 제일 끝내주는 미남이야."

내무반 병사들이 이구동성으로 영구에 관심을 보였다. 사실 영구는 중학교만 나와 아버지가 고등학교도 안 보내고 날만 새면 들로 데리고 다니면서 농사일만 가르쳤다.

영구네 집은 맏이로 누나를 낳아 시집보내고 그 밑에 형을 낳았고 형은 농사일에 관심이 없고 읍내로 나가 친구들과 어울리다 아버지가 잠들면 조용히 집으로 돌아와 자고 어머니가 고추 팔아 모은 돈도 가지고 나가 써버려 어머니까지 형을 박대했지만, 기댈 곳은 어머니뿐,

"어머니 생각해 보세요. 내가 농사일 도와도 먹고 살기 빡빡한데 아버지가 뼈 빠지게 농사를 지어도 사는 게 달라지지도 않고 나라도 잘살 수 있는 길을 찾아야죠."

형은 아버지가 잠에서 일어나기 전 이른 새벽, 또 읍내로 나갔다.

영구는 형이 원망스럽지만 어떻게 할 방법이 없었다.

아버지는 그래도 중학교를 나온 영구가 같이 다니며 농사일을 열심히 돕는 게 기특해서 가끔 읍내로 데리고 가서 고깃국도 사 먹이고 등 두드리며 격려해 주지만, 허리가 구부러진 아버지가 쉬지도 못하고 온종일 일만 하고도 가난을 벗어나지 못하는 것이 늘 불만이었다. 아버지를 생각해서 열심히 도왔고, 또 아버지 대신 동네일이며 품앗이도 나가 꾸준히 일하는 것을 본 동네 어른들이 효자 났다며, 사위로 데려 왔으면 좋겠다고 칭찬이 대단했다.

영구는 읍내로 형을 찾아가 애원을 했다.

"형, 내가 언제까지 농사나 짓자고 태어났나? 형 대신 아버지에게 잡혀 농사일 참 힘들어 나 군대에 자원입대 할 거야? 형이 알아서 집에 일 도와주고 집안을 일으켜 세워봐"

다방에서 만난 형제는 서로 끌어안고 흐느껴 울었다.

소문을 듣고 찾아온 형의 친구들 두 형제를 진정시키고 영구의 자원입대를 격려하고 농사일은 형 친구들이 도와준다고 했다.

영구는 집에 돌아와서 보리를 베면서 "흙에서 살려면 흙을 알아야 하는데" 많은 사람들이 농사를 어떻게 해야 소득을 높일 수 있을까? 생각도 해보고 돌아와 부모님들에게 군대를 자원입대 하겠다는 말을 어떻게 할까 고민을 했다.

저녁상을 물리고 아버지 어머니 앞에 무릎을 꿇고 조용히 "아버지, 어머니 두 분께서 그동안 저를 잘 키워주시고 사랑해 주시어 대단히 고맙습니다. 읍내로 가서 형을 만나 군대 입대하겠다고 얘기하고 집의 모든 것을 챙겨 달라고 부탁했더니 형 친구들이 함께 농사일을 돕겠다고 했습니다. 삼 년 동안 불편하시겠지만, 제 소원을 들어주세요."

영구가 군에 자원입대 한 것은 또 다른 사연이 있다. 아버지를 보아도 보리밥에 된장국과 묵은김치, 무장아찌 여름이면 열무김치에다 상추쌈, 열악한 먹거리에 힘든 농사일, 막걸리가 고작 위안이 되어 들에 나가 일하기 전에 막걸리 한잔 마시고 비틀거리며 일하다 목마르면 한잔, 점심 먹고 또 한잔, 저녁 먹고 한잔 마시고 잠자리에 들면 피곤해서 곯아떨어지는 것이 당시의 농촌, 서민들의 일상적인 생활, 그래서 대부분이 막걸리에 중독되고 60을 넘기지 못하고 세상을 떠나는 비참함에 우리 아버지도 결국은 허리 한번 펴지 못하고 다른 집 농부처럼 회갑도 못 사시면 어떻게 할까?

영구는 농촌이 이래서는 안 되겠다. 나라도 바꿔보자 결심하고 자원입대했다. 당시는 부자거나 체질이 건강해야 61세 회갑잔치 상을 받을 수가 있어 회갑을 중요시했다.

영구는 논산훈련소에서 훈련을 받고 전방부대로 배치를 받았다. 다행히 6·25 때 전쟁을 경험한 조 특무상사가 너희들은 나라에 충성하러 왔지, 서로 다투면 안 돼, 형제같이 지내라며 거친 말을 하거나 기합도 금지하고 선배들이 아껴주어 고통을 받지 않고 무슨 일이나 솔선수범, 새벽이면 일찍 일어나 막사 안팎도 솔선하여 청소도 하고 선임들의 신발도 닦아 놓으니 말로만 듣던 호된 기압을 받거나 욕도 안 먹고 외곽 보초도 힘들지 않았다.

얼마 뒤 어머니와 형이 면회를 와서 선임병들에게 영구는 농사일 하느라 배운 게 적으니 동생같이 여기고 잘못이 있으면 타이르고 살펴 달라고 부탁하고 돌아갔다. 영구는 어깨가 가볍고 신이 나서 춤이라도 추고 싶었다.

일등병에서 상등병으로 진급되고 아껴주던 선배들이 제대하고 후배 병사들이 보충되면서 분위기도 한결 좋아졌다.

신병으로 들어오는 농촌 출신이거나 서민층의 신병들은 대부분이 눈동자가 흐리고 활기가 없다가 군대 밥을 한 달만 먹으면 피부색이 달라지고 패기도 늘어 제법 청년으로 활기를 찾는데 그것은 군대 급식이 영양을 고려, 고깃국도 먹이고 영양가 높은 반찬을 주어 체력도 좋아졌기 때문이다.

영구는 입대 후에 농사 경험이 많은 시골 출신 병사들 옆에 친절히 다가앉아 농사 힘든 일도 줄이고 곡식의 종자부터 시비 기후 변화에 따라 농사 잘 짓는 법을 가르쳐 달라고 했다.

선임자들은 기특하다며 어떤 씨앗을 뿌려대고 자기 나름대로 해온 농사에 관한 모든 것을 알려주어 그것을 들은 대로 수첩에 꼼꼼히 적어 기록해 소중히 보관해서 집으로 가져왔다.

선임자들은 앞으로 농촌이 나아지려면 자식들 공부를 시켜야 하는 데 어려운 담배 농사나 좋은 소를 능력대로 키워 자식을 도시로 보내 고등학교 정도는 가르쳐야 발전할 거라며 자네 같은 젊고 지식이 있는 농부들이 많았으면 얼마나 좋겠나!

야! 농사를 지으려면 일소 부리는 게 쉽지 않아 풀만 먹고 자란 소가 덩치보다는 힘들어해, 그래서 밭이나 논을 갈 때 날달걀 8개 깨서 큰 병에 담아 소머리를 하늘로 쳐들고 먹이면 종일 힘 안 들이고 일 끝낼 수 있어.

경상북도 봉화에 산다는 병사가 그 소문을 듣고 달걀 5개를 참기름 섞어 먹였더니 한참은 밭을 잘 갈던 소가 설사를 하면서 기운이 빠져 할 수 없이 수의사를 데려다 소화제도 먹이고 이틀 동안 쉬게 해서 설사병을 고쳤지. 그래서 소에게 달걀 먹이는 것 조심해야 한다.

특히 화전을 일궈 농사를 짓는다는 선임자는 정색하고서 너에게 좋은 얘기 알려줄 게, 집을 지려고 생나무 10그루 베고 잡혀갈까 두려워 깊은 산속으로 도망가서 화전민과 살면서 그들의 지혜롭고 놀라운 이야기를 듣고 화전을 일궈 결혼도 하고 살만큼 터도 잡았다고 했다.

당시는 헐벗은 산을 가꾸기 위해 높은 산까지 산림공원들이 무기까지 휴대하고 감시를 철저히 해 생나무 3그루만 베어도 경찰서에 잡혀가 3일 간혀 있다가 벌금도 물어야 했단다.

화전민들은 지혜로웠다. 감시가 심하자 싸리 다래끼 밑에 말린 솔방울을 깔고 그 위에 성냥 몇 개비를 깔고 쑥을 말려 손으로 비비면 솜 같아 불씨로 쓰는데 그 위에 깔고, 말린 쇠똥으로 덮어 오후 2, 3시쯤 산으로 올라가 화전이 될 곳을 찾아 언덕 적당한 나뭇가지에 다래 키 속의 쇠똥에 불을 붙이고 내려오면 새벽 2시경 다래 키에 담은 솔방울에 불이 붙어 밑으로 데굴데굴 굴러내러 가며 불이 퍼져 큰 산 하나가 다 타버린다. 한밤중의 산불은 끌 수도 없고 며칠 뒤 산불 놓은 주인은 괭이 하나 들고 올라가 적당한 땅을 골라서 감자, 콩, 조, 메밀 씨앗을 묻고 내려와 가을에 곡식만 거두어들이면 일 년 농사 끝.

제대가 일 년 남아 휴가를 왔는데 어머님이 좋은 규수감이 있는데 선을 보자고 하신다.

"내가 보기엔 인물도 곱고 예의가 반듯하게 보여 우리 며느릿감으로 딱 맞는 것 같아 네가 휴가 오기만 기다렸어, 만나 보겠니?"

"어머니 결혼이 그리 급합니까, 앞으로 살아갈 걱정부터 해야 하지요"

"그래도 결혼은 때가 있고 좋은 규수 감을 놓칠까 걱정이 된다."

영구는 전방에 있을 때 숙희가 형부를 졸라 면회를 두 번 넘게 가면서 부모님이 결혼을 재촉해 불안하다며 제대하면 부모님을 꼭 만나 달라는 약속을 하고 갔다.

숙희 형부는 키도 크고 서글서글해 인상도 좋고 어깨를 툭 치며 처제와 잘 해보라며 큰 후원자를 만나 기분이 좋았다.

제대하고 이튿날 숙희 집을 찾아갔다. 입대하기 전 어머님을 잠시 만난 기억은 있지만, 혹시 몰라보면 어쩌나 선물을 들고 당당하게 대문을 두드렸다.

영구는 안방 문을 열고 활짝 웃는 숙희를 보자 빨리 달려가 안아주고 싶지만, 마음을 가다듬고 숙희를 따라 안방으로 들어가 두 어른께 무릎을 꿇고 인사를 드렸다.

"두 어른께 초면에 무리인 것 같은데 인사를 올립니다. 저는 동막골에 사는 김자. 정자 수자 어른에 둘째 아들 김영구입니다. 학교 다닐 때부터 동생같이 친하게 지내던 숙희와 결혼하고 싶습니다. 허락해 주시면 고맙겠습니다."

"아니 자네가 김정수 아들이라고 허~ 참 이상도 하지 숙희 너는 왜 얘기도 안 했냐?"

얼굴이 빨개진 숙희는 무릎을 꿇고 "아버님 죄송합니다. 형부가 어머니께 알리고 아버님과 상의하신다고 해서 말씀을 못 올렸습니다, 용서하세요."

"여보 그런 일이 있었으면 진즉에 알려주어야지 당사자들이 어려워하잖아.”

“바른대로 얘기하면 화내실 것 같아 오늘내일 미루다가 늦었네요.”

어머님은 큰 사위가 숙희를 데리고 두 번이나 면회 갔다 온 것을 혼자만 가슴앓이했다.

“초면에 찾아와 딸을 달라 하니 당돌하지 않은가. 군대를 갔다 와 퍽 씩씩해 보이는군. 자네, 내 딸을 데리고 가면 어떻게 살 것인가 말 좀 해보게.”

“네 지금 형편으로는 어렵지만 몇 년 뒤 당당하게 살 계획도 세웠습니다.”

“자네를 기다리다 우리 숙희는 노처녀가 되겠구먼. 허! 이 일을 어쩐담.”

“따님 나이가 걱정되시면 우선 결혼부터 하고 뒷일을 생각하시면 안 될까요?”

“여보! 그렇게 합시다. 당신 저 청년 보고 싶다고 하셨잖아요.”

어머니는 영구가 미더워 웃는 낯으로 남편에게 한마디 거들었다.

“어디 두고 좀 생각해 봅시다. 저 사람 아버지도 좀 만나보고. 세상에 이런 일도 있나 자네 아버님은 내 초등학교 친구야! 허허! 일어나 편히들 앉게.”

그제야 영구와 숙희는 마음 놓고 두 분께 절을 올리고 자리에 앉왔다.

"자네 형이 있다고 했지?"

"네 위로 누님은 출가하셨고 형님은 일곱 분이 특화 사업으로 묘목을 키우시고 강원도 국유림 벌채 허가를 받아 사업을 시작했습니다.

"허 그래 자네 집 농사는 누가 지을 건가?"

"제가 휴가 때 좀 돕고 형님 친구들이 모심고 벼 베는 일은 맡아 주겠다고 약속했습니다."

"우리 딸을 언제 알게 됐었나."

"조금 전에 말씀드렸지만, 중학교 때 집이 같은 방향이라 학교에 오고 가는 길에서 늘 만나 친해지고 서로 좋아하고 늦을 때는 집에까지 바래다 주기도 했습니다."

아버지에게 야단맞을까 걱정이 된 숙희는 밖으로 나와 가슴 졸이며 기다리고 있었다.

"오늘은 이만 가보게 자네 어른도 만나 뒷일을 상의하자고"

숙희 아버지 얼굴엔 미소가 흐르고 표정도 밝아졌다.

영구가 밖으로 나오자 숙희가 달려와 가슴에 안긴다.

"오빠 어쩌면 이야기를 그렇게 또박또박 잘하지?"

영구와 숙희는 감격과 환희에 들떠 뜨거운 열정으로 입맞추며 좋아서 눈물까지 흘렸다.

해가 붉게 물들어가는 들길을 걸으며 영구는 숙희의 손을 꼭 잡고 숙희는 별이 총총 드러나는 밝은 하늘을 쳐다보면서 가슴에 뭉쳤던 불안도 모두 떨쳐 버리고 다시 만나기를 약속하고 헤어지기 싫었지만, 영구는 어둠 속으로 멀어져 갔다.

2.
머슴으로 입문하다

영구는 새로운 시대에 더 큰 일을 하려면 머뭇거리지 말고 어떤 어려움이 있더라도 성공의 꿈을 이루어지도록 최선을 다해 보자며 마음속으로 다짐을 했다.

집으로 들어가기 전 동네에서 자린고비로 소문난 이웃 동네 최창수 부잣집을 찾아갔다.

“어르신 처음 뵙겠습니다. 저는 동막골 김정수 어른 둘째 아들 김영구입니다.

“그래 군복을 입고 우리 집에는 어찌 왔는가?”

“머슴을 구한다는 말을 듣고 영감님 찾아뵙고 허락받으러 왔습니다.”

“이 사람아, 갑자기 찾아와서 머슴으로 써달라 하니 별일이네, 우리 집은 머슴이 두 명이나 있어서 지금은 필요가 없으니 그냥 가보게."

같은 마을 또 한집, 부잣집의 머슴이 군에 입대하여 새로 젊은 머슴을 고른다는 소문이 났다.

"그러면 조씨 집에서 젊은 머슴을 구한다고 하니 그쪽으로 가볼까 합니다."

"아니 이 사람아 뭐가 그리 급한가, 얘 복순아 여기 차 좀 가져오너라. 자네 제대를 언제 했나. 농사철이 돌아오니 천천히 생각하고 다시 만나세."

"그럼 조씨 집에는 안 가도 되겠네요?"

영구는 군에서도 농사 지식을 깨우쳐 훌륭한 농부가 되고 싶었다.

숙희네 집에서 연락이 와서 갔더니 농사철이 다가오는데 논을 갈아줄 사람이 없어 걱정이라고 해, 소는 있느냐고 물었다.

"큰집서 빌리면 되는데 논이 열 마지기라 며칠 걸리면 빌려달라고 할 수가 없을 것 같아 걱정이지."

"소만 빌려오면 잘 될 거야!,?"

"영구 오빠, 소는 수놈이고 일을 많이 안 해봐서 아버지는 딴 방법을 찾아보자고 하셔서 걱정인데 와줘서 고맙고 일이 벅차면 어떻게?"

"숙희야 그러면 달걀 20알 챙겨오면 모두가 OK이다"

"오빠 달걀이 왜 필요해?"

"두고 보면 알게 될 거야 내일 아침 여물을 영양식으로 먹이고 기다리면 내가 일찍 올게."

이튿날 영구는 아침에 일할 소의 상태를 살펴보니 만만치 않을 것 같아 슬슬 쓰다듬어 주면서 우선 기를 꺾을 마음을 단단히 하고 논으로 끌고 들어가 숙희가 달걀 10개를 큰 병에 담아온 것을 확인하고 소고삐를 바짝 들어 쥐고 쟁기를 매었다.

잠시 긴장을 풀고 달걀 든 병을 소머리를 번쩍 하늘로 쳐들고 병을 거꾸로 소 입에 먹이니 구경꾼들이 놀라며 저거 어떻게 해. 눈을 감는 사람도 있었다.

"자 이제 가자! 이라 이랴."

몰아대니 일소는 생각보다 빠른 걸음으로 앞장서 잘도 걷는다.

예상보다 소를 쉽게 다루는 영구 솜씨에 마을 사람들은 구경하느라 새참도 늦어졌다. 숙희는 하루에 다 갈지 못하면 어쩌나 걱정을 하며 솜씨 좋게 소를 모는 영구가 대견하고 자랑스러웠다.

뒤늦게 소식을 들은 숙희 아버님이 논으로 나와 구경을 하면서, "우리 사위 최고여!" 소리를 크게 치니 영구도 빙긋 웃으며 손을 흔들어 보였다.

"아버지가 저렇게 놀라시는데 빨리 집으로 가서 어머니에게 자랑해야지."

숙희는 사람들이 볼까 봐 하늘만 쳐다보며 좋아서 혼자 웃었다.

점심참이 돼서 밖으로 나온 영구 곁으로 숙희가 살금살금 가까이 다가와서 "젊은이, 소 모는 솜씨가 좋구먼요, 국수 좀 더 드실까요."

"예, 조금 더 주시면 좋지요."

주변 사람들은 두 사람이 재미있어 보인다며 수군수군대었다.

두 사람의 얼굴엔 미소가 흐르고 기쁨으로 가득 찼다.

영구는 점심때 넉넉히 쉬고서 해가 한창인데 열 마지기 논이 모두 갈려 물을 가득 채웠다. 신기한 그것은 일소가 힘들어하지 않고 영구 손에 이끌려 큰 집에 무사히 돌려준 것이다.

집으로 돌아온 가족들이 한자리에 모여 저녁을 먹었다.

"아! 자네 덕에 올해 농사 걱정은 하지 않아도 되겠네. 그런데 소에게 달걀 먹이는 것은 어디서 배웠나."

"예 군대에서 농촌 출신 선임 병사들이 가르쳐 주면서 들기름이나 참기름을 먹이면 설사하기 때문에 쇠죽을 진하게 끓여 먹이면 좋다는 것을 배웠습니다."

논갈이 소문은 넓게 빠르게 퍼지고 저녁참에 동네 젊은이들이 찾아와 그 비법을 가르쳐 달라며 술잔을 서로 권했다. 영구는 술잔을 내려놓고 군대에서 농사꾼들이 알려준 것을 오늘 제대로 시험한 것을 보고 여러분들은 놀라워 했는데, 저는 노트 한 권에 여러 가지 비법을 적어 군대 생활을 보람 있게 마친 것을 자세히 설명하며, 달걀을 소에게 먹여 밭이나 논을 가는 법을 찬찬히 설명하고 농촌도 이제 잠에서 깨어나야 한다는 말도 덧붙여 강조했다.

집으로 돌아와 몇 날 며칠을 보내며 앞으로 머슴살이 계획을 구상하고 장래의 꿈을 이루기 위해 여러 가지 방법을 구상했다.

며칠 후 아버지 앞에 무릎을 꿇고 목소리를 높여 집을 나가겠다고 말씀드렸다.

"아버지 저 없는 동안 농사일에 얼마나 고생을 많이 하셨어요. 그런데 집에 와서 살펴보니 하나도 변한 게 없어요. 이렇게 살면 안 될 것 같아 집을 나가려 합니다. 살펴주세요."

아버지는 곰곰이 생각에 잠겨 눈을 감고 계시다가 "네가 어린 나이에 군에 자원입대하겠다는데 왜 그럴까 생각해 봤는데 집 나가서 우선 무엇을 할 것인지 말을 해 주렴."

"네, 새로운 농법 배워가며 농촌도 잘 살 수 있다는 길을 열어 보려고 합니다."

"그 일 집에서는 할 수가 없는 것이냐?"

"아버지 생각해 보세요. 다람쥐 쳇바퀴 돌 듯 잠자고 나면 똑같은 농사일 어떻게 바꿀 수가 있습니까?"

군대서 틈나는 대로 농업진흥원에 가서 새 농법도 배우고 선임자들로부터 특용작물 재배 기술도 배워 수첩에 적어온 것들을 실제로 연구해 보고 싶다고 했다.

"그 일 하려면 땅도 있어야 하고 연구실 여러 가지 도구를 준비하는 데 자금이 필요할 터인데 어떻게 마련하려고. 말해봐라. 세상 모든 게 돈이 있어야 하고 생각으로만 안 되는 것 알잖아."

아버지는 영구를 바라보며 얼굴에 근심 가득 차 있었다.

영구도 잠시 마음을 가다듬고 "아버지 그 모든 것은 제가 스스로 해결할 겁니다. 걱정하지 마세요."

"네 형하고 셋이서 상의하면서 꼭 그렇게 하겠다면 네 마음먹은 대로 하도록 해라."

영구는 읍내로 형을 찾아가 아버지가 할 말씀이 있어 세 명이 모이자고 하셨다며 집으로 오라고 전하고 형을 기다렸다.

"형은 네가 집 나간다고 했구나. 나도 네가 자원입대할 때 무엇인가 꿍꿍이속이 있었다는 것을 예상은 했는데 제대하고 집 나가면 형은 어쩌라고, 형도 한시가 급하게 우리 가정도 모두 편안하게 살도록 노력 중인데 일 년만 참아주면 안 되겠니?"

그날 밤 영구는 어머니 방에서 함께 자면서 품에 안겨 어리광도 부리고 어머니 젖 좀 또 먹어 봤으면 좋겠다며 꼭 끌어안고 어머니 사랑에 취해 날밤을 새웠다.

영구는 하루를 더 쉬면서 집안 이곳저곳 손 볼 것들을 챙기고 읍내로 나가 부족한 것을 사고 부모님께 드릴 소고기와 술 한 병을 사들고 돌아왔다.

이튿날 머슴살이 살 집으로 가기 전 숙희를 찾아갔는데 집에 없어 어머님 만류로 숙희가 돌아올 때까지 기다렸다.

숙희 아버님이 나들이에서 돌아와 영구를 보고 웃으시며 "자네 잘 왔네! 그렇지 않아도 불러서 술 한잔 나누며 가족 파티를 하고 싶었는데 잘됐어."

숙희가 돌아오고 부엌에서 쿵탕 쿵탕 저녁상이 크게 차려지고 오랜만에 가족이 둘러앉아 화기애애하게 밥을 먹으며 환담을 나누었다.

"이제 자네는 우리 가족이니 자주 오게 결혼 날짜도 잡아야 하는데 우선 살집이 없으니 우리 집에 들어와 신혼을 차리고 차차 하나씩 챙기면서 살자고. 자 한잔 받게!"

"아버님 먼저 따라드리고 잔 받겠습니다."

"자네 오늘 나하고 함께 자면서 이야기 나누고 싶은데, 어떤가?"

오늘은 약속이 있어 가야 하오니 다음에 자주 오겠다며 집을 나섰다.

어느새 숙희가 따라 나와 가슴에 안긴다.

얼마나 기다렸던 포옹인가, 뭉클한 숙희의 가슴과 영구의 가슴이 서로 감촉을 느낄 때 숙희 입속에서 나오는 향기가 코끝을 자극하며 입술이 떨린다.

"오빠! 이렇게 좋은데 어떻게 참았을까?"

서로 입을 맞대고 키스했다.

얼마가 지났을까, 둘이 다시 입술을 비비며 헤어짐을 안타까워했다.

"오빠! 둘이서 이렇게 밤새우면 좋겠는데?"

"나도 같이 있으면 좋겠지만 오늘은 그만."

아! 달콤한 숙희의 입술 가슴이 쾅쾅 몸이 뜨거워졌지만, 신혼 첫날 밤을 약속하며 아쉽게 헤어졌다.

옷 보따리를 싸 들고 3년 동안 머슴살이 할 최씨 집으로 들어가며,숙희의 해맑게 웃는 얼굴, 달빛에 비친 반짝이는 눈동자를 떠올리며 다시 돌아가 숙희를 안아주고 싶은 충동을 겨우 참아냈다.

'참아야지. 나의 큰 꿈을 이루기 위해서는 참아야지.'

안마당으로 들어가 "어르신 김 서방 왔습니다. 머슴방에서 자고 아침에 뵙겠습니다."

머슴방은 이미 한밤중. 빈자리를 골라 자리에 누웠으나 방금 헤어진 숙희의 살 냄새가 온몸에 배인 듯 다시 보고 싶고 안고 싶어 가슴이 답답했다.

뜬눈으로 지새우고 아침 일찍 청소하고 집 안팎을 돌아보니 모두가 엉망이라 어떻게 다 정리하고 제자리를 찾아줄까 한숨이 나왔다.

복순이가 부엌에 들어서다 영구를 발견하고 "오라버니 언제 왔어요. 반가워요"

쳐다보는 모습이 귀엽고 다정해 보여 손을 들어 보였다.

"잘 지냈어. 나도 복순이. 보고 싶었어"

주인 영감이 헛기침하며 마루로 나온다.

"잘 왔네!"

"두 내외분 그동안 편안하셨는지요."

가까이 다가가 허리 굽혀 인사를 올리니 "응 자네를 기다렸네. 이제 한가족이 됐으니 여러 가지 꼼꼼히 챙겨주게"

복순이가 아침 밥상을 들고 머슴방으로 들어왔다. 그제야 잠자리에서 일어난 두 머슴은 영구를 보고는 놀라워했다.

"소식이 없어 안 오는 줄 알았는데 잘 왔네. 다 같이 밥을 먹자고"

아침을 먹고 영구는 집안 정리를 시작했다. 머슴들은 멍석을 엮으며 고개를 갸웃거리며 영구를 바라본다.

"이 사람 젊은 나이에 이 집에서 우리와 함께 일하겠다고 하니 생각을 잘못한 것 같아"

"주인 영감 성격 보통이 아니야, 잔소리는 물론이고 욕을 마구 해대니 잘 생각해 보라고."

군대 가기 전 자신도 멍석 짜는 솜씨가 있어 옆에 앉아 구경했다.

"앞으로 형님이라 부를 텐데 누가 위인가요"

"같은 나인데 내가 생일이 늦어 늘 친구처럼 지내지"

최 영감님이 무슨 일인지 머슴들을 불러 서로 인사시키고 형제같이 지내며 다투지 말고 내 집같이 여기고 일 좀 잘 챙겨 달라며 할 일들을 하나하나 설명해주었다.

"고씨 형님. 제가 오늘 무슨 일을 먼저 할까요?"

"마구간을 깨끗이 치우고 나면 다른 일도 가르쳐 줄게."

거드름을 피우는 것 같았지만 "예 그렇게 할게요?"

영구가 외양간에 들어가 보니 언제 청소를 했는지 구석구석 쇠똥이 말라붙고 바닥도 엉망이라 한숨만 나왔다.

우선 소를 밖으로 내몰아 말뚝에 매고 샘물을 퍼다가 이곳저곳에 뿌리고 괭이로 바닥을 긁어 퇴비장에 버리고 물을 다시 뿌려 싸리비로 박박 쓸어내고 벽도 깨끗이 닦았다.

소 엉덩이도 물을 끼얹고 솔로 비껴내니 새 소처럼 맑게 보였다. 멀리서 구경만 하던 최 영감이 함빡 웃으며 "우리 소가 주인을 새로 잘 만났구먼. 왜 지저분한가 했더니, 외양간도 깨끗이 닦고 소가 들어서니 새집을 짓고 사온 소 같네."

두 머슴을 불러 외양간을 돌아보게 하고

"자네들 이리 와봐 그동안 자네들은 무엇을 했어. 내가 잔소리한다고 불평만 했잖아. 젊은 사람에게 배울 것도 많아, 서로 돕고 친하게 지내라고."

"어르신 제가 이 동네를 처음 와서 동네 구경 한 번 하고 돌아오면 안 될까요."

영구는 주인 허락을 받고 동네를 한 바퀴 돌아보니 일찍 심은 논은 모가 자라 푸르게 보이는데 멀리 외딴 논에 여인 혼자서 모를 심고 있었다. 가까이 가서 보니 임신까지 한 여인이 혼자 땀을 흘리며 모를 심고 있지 않은가.

"아주머니 왜 혼자 모를 심어요."

여인은 눈길도 주지 않고 묵묵히 느린 동작으로 모를 꽂는데 서툴기만 했다.

신발을 벗고 논에 들어가 함께 심어주며 사연을 물었더니 남편이 혼자 손이라 군대를 못가 기피자로 잡혀가 누구의 도움도 받을 수 없어 이렇게 혼자 모를 심는데 도시에서 자라 농사일이 처음이라 서툴다고 했다.

영구는 여인과 한 배미 채워주고 주인이 기다릴까 걱정이 돼 돌아오면서 뒤돌아보는데 발길이 무거웠다.

저녁을 먹고 사랑으로 주인을 찾아가 복순이가 알려준 대로 "어르신 큰 광에 쌀가마가 많이 남았다던데 그것을 장에 내다 팔든지 아니면 어떻게 하실 것인지요? 쌀을 오래 두면 벌레가 생기고 냄새가 나서 밥해 먹기도 어려울 텐데 어쩌지요?"

"나도 그 쌀 때문에 잠이 오지 않아 전에는 보리 팰 때면 장려 쌀을 빌려 가느라 쌀 창고가 텅텅 비었었는데 올해엔 외지 사람들이 들어 와서 싸게 풀어 큰일이 생겼지. 외지인들이 소달구지에 쌀을 싣고 와 다섯 되씩 깎아주어 그쪽으로 몰려가 망했어. 이 동네 조형국 부잣집도 똑같이 퍼주어 우리 집만 더 어렵게 됐지?"

"어르신 모도 다 심고 보리와 벼도 다 쌓아 놨으니 타작만 하면 됩니다. 최부잣집 머슴들을 모를 못 심는 집 논과 노인만 있어 비어있는 논에 모를 대신 심어주면 소문이 날 것이고 장려 쌀을 3부로 깎아준다고 소문을 퍼뜨려 쌀을 처분하면 어떨까요?"

"이 사람 그 많은 쌀을 어떻게 하려고?"

"이 동네 입이 싸서 소문 잘 내는 여자가 있나요?"

"응 있는데 말을 잘 들어 줄까? 애~ 복순아 너 도안댁 좀 오라고 해라"

도안댁이 오자 최 영감이 "도안댁 신랑은 요즘 어디를 다니기에 보이지 않나."

"우리 집 신랑은 집에만 처박혀 아프다며 쌀밥만 찾는데 쌀을 빌릴 곳도 없어 큰일 났어요."

"허, 그것참 안됐구먼, 애 복순아, 도안댁 쌀 한 말만 자루에 담아주렴. 도안댁 장려 쌀이 필요하면 신랑을 데리고 오면 이자는 3부만 받을테니, 어려울 때 서로 도와야지."

"어르신, 누구나 와도 되나요."

"그래, 그런데 쌀이 많지 않아서 많이 주지도 못하고 늦으면 못 받을 수도 있어."

소문이 나면서 광 속에 쌓였던 쌀가마가 모두 동이 났다.

최 영감과 부인이 밖으로 나와 쌀을 가져가는 사람들 손을 일일이 잡아주면서 "내년에도 배고프면 쌀 빌려줄테니 아껴서 먹어야 해."

손까지 잡아주며 격려해 주니 모두가 고맙다고 칭찬을 했다.

영구의 아이디어는 빛이 났다. 쌀 3가마니를 따로 두었다가 오월 단옷날 소머리를 사다가 큰 솥에 국밥을 끓이고 떡을 만들어 동네잔치를 열었다.

구두쇠요 자린고비로 이름이 나 동네 사람들에게 외면만 받던 최 부잣집에 새 젊은 머슴이 들어오더니 며칠이 지나자 인심 좋은 최 부자 집으로 바뀌어 가고 있었다.

최 영감은 바닷가에서 소금을 가져다 팔면서 조금씩 돈을 모으고 조강지처 몸에서 아들 둘을 낳아 다복하게 살았다.

그는 앞으로 땅이 있어야 잘 살 수 있다는 신념으로 돈이 생기면 처가 동네인 지금의 마을에 처남을 통해 팔겠다는 사람이 나오면 토지와 산을 모두 사들여 부자가 됐다고 한다.

그 많은 땅을 처남 혼자 관리하기가 힘들어 둘째 처남과 머슴을 두 명씩 두고 가을에 타작이 끝나면 장려 쌀을 걷어 들여 큰 광 하나가 가득 차고 작은 광에도 쌓여 날로 재산이 늘어나 소금 장사를 그

만두고 이 동네로 돌아와 집도 크게 짓고 농장을 관리하면서 최창수 부잣집으로 알려졌다.

처남 두 명에게 논 20마지기 밭 5백 평씩 나누어 주고 머슴을 3명 두었는데 자기가 장사할 때처럼 재산 모으는 데만 신경을 썼다.

머슴들에게 일을 잘못한다고 잔소리하면 젊은 머슴들은 도망치고, 구두쇠란 별명의 소문만 퍼져 인심 박하고 노랭이 영감 부잣집으로 인심을 잃었다. 그래서 젊은 머슴들은 오지 않아 나이 많아 오갈 데 없는 사람들이 머슴으로 있으니 그들이 하는 일이 마음에 차지 않아 잔소리와 욕으로 겨우 지탱해 왔다. 그러다가 젊은 머슴, 영구가 들어와 집안도 깔끔해져 분위기도 바뀌고 집안에 화기가 돌아 동네 사람들의 칭찬도 늘어갔다.

평소 같은 부락에 조형국 부잣집은 인심도 좋지만 어려운 집에 양식도 그냥 주고 인정을 베풀어 머슴들도 그 집에 가는 게 소원일 만큼 모두가 부러워하는 부잣집으로 알려져 왔다.

최창수 주인은 아들 두 명을 낳아 잘 키우다가 그만 병약한 막내가 죽어서 슬픔에 젖어 곡기도 끊고 몹시 괴로워하자 마음씨 고운 부인이 이웃 동네에 사는 젊은 과부를 작은 부인으로 데려와 한집에 살면서 집안이 안정되고 작은 부인 몸에서 아들 두 명을 낳아 평온을 찾았다고 한다. 그러나 집안일을 맡겼던 친척들이 재산을 빼돌려 누구도 믿지 못하고 머슴들에게 잔소리만 늘고 더하면 욕을 해 소문이 나빠졌다.

인심은 하루아침에 바뀌지 않지만, 경우가 바르고 똑똑한 젊은 머슴이 집안을 안정시켜 좋은 집으로 바뀌어 갔다.

최창수 주인은 성격이 활달하고 매사에 사심 없이 일 처리 잘하는 영구를 복순이와 짝을 채워 살림을 맡기려고 그를 불렀다.

"자네 덕분에 우리 집이 안정돼 가는데 자네도 나이를 먹어 가고 짝을 채워야 하지 않겠나, 우리 집 복순이는 내 안식구의 먼 조카뻘인데 전염병으로 부모를 잃고 오갈 데가 없어 내 친딸처럼 데려다 키웠어. 일을 시켜 보니 심성도 곱고 살림도 잘해, 그래서 자네와 짝을 지워주면 좋을 것 같아 불렀네?"

"저를 그렇게 믿어 주시니 고맙습니다. 저에게는 오래전 사귀어온 약혼한 규수가 있습니다. 그동안 복순 양을 지켜보니 심성 곱고 살림 도 잘하며 인물도 고운 저런 여자와 살아 보면 어떨까 생각도 하다가 아쉬워했지요. 앞으로 동생같이 여기며 잘 지내고 싶습니다. 그리고 저는 결혼을 해도 영감님과 가까이 살면서 두 내외분을 모시고 오랫동안 함께 살려고 합니다."

두 내외는 영구의 손을 맞잡고 "참으로 고마워 자네만 믿겠네."

복순이도 영구가 좋았고 집안에 일이 생기면 찾아가 함께 의논하고 친절하게 대해주니 영구를 오빠 같이 믿으며 친하게 지냈다

영구는 그렇게 인정 많고 성품 좋은 복순에게 좋은 배필을 구해

주고 싶었다.

방으로 들어와 자기 친척 중에 복순이와 짝이 될 사람을 찾아보니 한 명도 눈에 차지 않아 고민하다가 군대서 함께 지냈던 윤종수가 문득 생각이 났다. 그 친구는 전쟁으로 부모를 잃고 보육원에서 자라 중학교를 겨우 마치고 젊은 나이에 군에 입대했다.

일 년 동안 고락을 함께하는 동안 책만 보고 혼자 외롭게 지내던 종수를 옆에서 챙겨주고 그를 전우들과 잘 어울려 지내게 도와주고 아껴서 쾌활하게 바꿔준 건실한 군인이 아니던가.

"아, 그 친구 제대하지 않았을까?"

부대로 편지 보냈더니 답장이 와서 시간을 내서 다녀가라고 주소까지 적어 보냈다.

오래지 않아 종수가 찾아와 서로 끌어 앉고 눈물까지 흘렸다.

영구는 종수를 보자 반가웠고 "그동안 너무 보고 싶었다."라며 눈물까지 흘렸다.

"형님이 제대하고 떠나던 날 정말 슬펐습니다. 나도 갈 곳이 있으면 사회에 나가 직장도 갖고 장가도 갈 수가 있는데 먼 하늘만 쳐다보고 울었습니다. 그러다 신병들이 들어오면서 되는대로 살자고 결심을 했어요."

오랜만에 만난 종수를 데리고 읍내로 나가 극장 구경을 하고 점심을 먹으면서 하고 싶었던 이야기가 끝도 없이 많아 여관에서 함께 자고 돌아왔다.

복순이 생각을 하면서 다시 종수를 살펴보니 늠름하고 씩씩해 미더웠다. 그래… 됐다. 복순이 짝으로는 그만이야.

복순이를 조용히 불러 소나무밭으로 데려다 앉혀 놓고 종수를 불러 세 명이 함께 앉아 서로 인사를 나누고 영구가 그동안 두 사람이 살아온 진실한 얘기를 해 주고 서로 의견이 맞으면 이야길 나누라며 자리에서 일어났다.

얼마가 지났을까 두 사람은 얼굴이 상기되어 돌아왔다. 급작스러운 만남이라 두 사람은 어색했겠지만 멀리 떨어져 있어 자주 만남이 쉽지 않아 서둘러 만나게 했으니 당황했을 거고, 짧은 시간 두 사람이 어떤 대화를 나누었는지 궁금했다.

복순이는 저녁을 준비한다며 먼저 떠나고 종수는 만족한 표정으로 영구를 쳐다보며 "참, 형님은 평생 제게 큰 은인입니다. 마음 착하고 속도 깊고 얼굴도 예쁜 규수를 만나게 해 주시다니 정말로 고맙고 존경스럽습니다. 처음엔 얼굴을 마주 보지도 못하고 수그리고 있다가 그래도 남자인 제가 말문을 열어 대화가 시작됐는데 결과가 좋았습니다.

종수는 복순이와 나눈 얘기를 궁금해하는 영구에게 말했다.

"형님이 보고 싶어 왔는데 이런 자리인지 몰랐습니다. 하고 싶은 속마음 편하게 나누면서 이야기를 해 봅시다. 저는 늘 외롭게 자라 군에서 형님을 만나 많은 것을 배워 따뜻한 사랑과 가정을 이루어 행복하게 살아야 한다는 걸 배웠습니다. 휴가를 받아도 갈 곳이 없어 다른 전우들에게 넘겨주고 차라리 하사관학교에서 교육을 받고 평생 군대에서 살겠다고 결심을 했는데 형님의 연락을 받고 왔습니다."

"그랬군요. 얼마나 외롭고 서글펐을까? 저도 전염병으로 가족을 모두 잃고 작은집에서 구박을 받다가 이 댁에 들어와 두 어른의 사랑을 받으면서 열심히 일해 가족으로 인정을 받았지요."

"어쩌면 처지가 같은 사람끼리 만난 것도 우연이 아닐까요."

집으로 돌아온 종수를 마루에 앉혀 놓고 복순이를 불러 귓속말로 "저 사람 괜찮지, 좋아할 수 있겠니."

"아이고 오라버니?"

복순이는 웃으며 입을 손으로 가리고 킥킥댄다.

영구는 종수를 데리고 안방으로 들어가 마님께 인사하고 둘이 함께 큰절을 올렸다.

"이 사람! 복순이 신랑감 데리고 왔구먼. 거기 앉게. 청년 고향은 어디고 부모와 형제는 있는지?"

영구가 얼른 말을 받아 "이 친구는 전쟁 때 가족을 모두 잃고 3살 때 보육원에 들어가 중학교까지 다니고 바로 군대에 자원입대해 제 옆에서 일 년을 함께 지내며 많은 것을 배우고 형제같이 지냈습니다."

"어디 고개를 들어봐요, 얼굴도 보기 좋고 건강해 보이는구먼. 잘 왔네!"

"영감님께 따로 말씀드릴게. 마음 편히 앉아 저녁을 먹자고. 얘 복순아 사랑채에는 따로 차려가고 이 방에는 4명분 밥상 차려라."

"예, 마님"

잠시 뒤 밥상이 들어왔다.

"복순아 너도 거기 앉아 같이 먹자."

얼굴이 붉어진 종수와 복순이는 황송해서 어찌할 줄 모른다.

"복순아 내가 마님께 다 말씀드렸으니 마음 편하게 밥을 먹자고" 영구는 두 사람을 마주 보고 앉게 했다

복순이와 종수는 밥이 입으로 들어가는지 마는지 고개를 숙이고 조심스럽게 먹는다.

식사가 끝나고 영구가 마님 곁으로 가서 두 사람 만남이 잘못될까 걱정돼서 미리 인사도 못 드리고 두 사람을 잠시 만나게 한 것이 죄송하다고 했다.

"허허! 자네는 어떤 일이건 빈틈이 없어. 앞으로 일은 자네가 알아서 처리하게"

영구는 긴장이 풀리고 생각보다 빠르게 일이 잘 진행되는게 기뻤다. 잠자리가 불편할 것 같아 종수를 읍내로 데리고 가서 술 한잔하

고 여관방에 들어가 이야기하다 보니 날이 밝았다.

집으로 돌아와 영감님께 종수를 소개하고 바로 부대로 보내면서 "하사관학교에 갈 생각 말고 제대를 이른 시간에 신청하고 빨리 돌아와. 네가 자꾸 보고 싶어졌어."

복순이는 얼굴이 날이 갈수록 예뻐지고 항상 웃는 낯에 집안 분위기도 편안해졌다.

어느 날인가 복순이가 영구 손을 잡더니 큰 광 뒤쪽으로 데리고 가서 뒷벽을 감쪽같이 뚫고 쌀가마를 도둑이 훔쳐갔다는 것을 보여 주며 걱정을 했다.

영구는 난감해했다. 주변을 살펴보니 쌀을 조금씩 흘렸는데 영구네 집 쪽으로 50m 정도에서 멈췄다.

영구가 친구들을 모아 도둑 잡을 계획을 짰다. 우선 도둑을 잡으면 쌀 5말씩 주기로 주인님의 허락을 받고 뒤쪽에 짚을 쌓아 두 명씩 숨어 교대하면서 준비시키고 머슴방에 들어와 "형님들 제가 오늘 많이 돌아다녀 고단해서 먼저 자겠습니다."

깊이 잠든 척 얼마 있다가 허씨가 첫 기침을 하니 또 한 사람 머슴도 자루 하나씩 들고 밖으로 나가는 뒤를 밟아 따라갔다.

짚 속에 숨어 있던 두 사람이 고씨를 넘어뜨리고 뒤따라 허씨를 영구가 덮쳐 새끼줄로 팔을 뒤로 묶어 안집 마루에 앉히고 "주인님" 작은 소리로 불렀다.

마님이 급히 나와 "무슨 일이 일어났길래 밤중에 갑자기 찾아와 당황스럽게 하나?"

무릎 꿇고 있는 두 머슴을 보고 "도둑놈들 잡았구먼. 여보! 빨리 일어나 나와 보시구려"

한밤중에 웬일이야. 속옷만 입고 문을 열던 영감님이 깜짝 놀라며 "이놈들 짓이었구나? 이게 무슨 일이여 농사일이 끝나 집으로 보내려다 저 사람이 땔나무나 해오게 두자고 해서 더 있게 했는데 주인집 쌀이나 훔쳐내고 그리고도 사람이냐. 하여간 잘 잡았네! 자네가 알아서 처리하게."

친구 한 사람만 남기고 모두 집으로 보내고 머슴방으로 데리고 가서 쌀 훔친 것을 왜 했느냐고 다그치며 몰아붙였다.

고씨는 벌벌 떨고 허씨는 입을 담은 채 눈물만 흘린다.

친구에게 눈짓을 하여 엉덩이를 방망이로 내려치니 "우리는 죽게 됐다. 우리는 죽게 됐다" 울면서 용서해 달라고 애원했다.

고씨가 입을 열더니 며칠 전, 앞집 청년이 두 사람을 불러 놓고 벽 뚫는 법을 가르쳐 주고 쌀을 포대에 담아오지 않으면 이 칼로 죽인다며 조금씩 나누어 준다고 해서 여덟 가마를 빼냈다고 실토했다.

앞집 청년은 전과자로 허리에 칼을 차고 다녔다.

새끼줄로 꽁꽁 묶인 두 명을 그대로 재우고 이튿날 주인집 큰아들을 자전거 태워 읍내로 가서 경찰서에 신고하도록 했다.

경찰은 조사가 끝나고 머슴 두 명도 데려간다고 했지만, 영구가 머슴들이 잘 몰라 일을 저질렀으니 용서해 달라고 부탁하고 앞집 청년만 잡아가도록 했다.

"이놈이 우리 경찰서에서 3번이나 도망쳐 여기에 숨어 있었네."

"가축 절도로 수배 중인데 쌀 도둑까지 어쩌면 이리 뻔뻔스러울까."

경찰은 범인을 빨리 신고 협조해주어 고맙다며 떠났다.

친구들을 모아 어떻게 처리할지 의논을 했다.

"앞집 청년은 얼마 전 처녀를 강간한 죄로 3년 동안 교도소에서 징역을 살았다네."

경찰서에서 처리할 것이고 허씨가 시작했으니 새경을 주어 집으로 보내고 오갈 데 없는 고씨만 나무나 하라고 용서하기로 합의했다.

영구는 종수에게 편지를 보내 빨리 오라고 하고, 제대하고 돌아오면 결혼시키려고 머슴들이 쓰던 큰방을 수리해서 신방을 차려주고, 광 옆에 비어있는 작은방을 고쳐 머슴방으로 바꿔 놓았다.

10일 뒤 종수가 제대복을 입고 자기가 쓰던 보따리를 큰 가방에 넣어 돌아왔다.

우선 머슴방에 짐을 풀고 결혼 준비를 해서 일주일 뒤 영감님 주례로 결혼식을 올렸다. 결혼식장은 두 사람 모두 부모와 친척들이 없어 허전했으나 복순이를 좋아하던 동네 사람들이 축하 선물도 많이 가져오고 서로 좋아서 답례 인사를 했다.

영구는 주인 영감님과 의논하여 신혼여행을 보내기로 했는데 복순이가 없는 동안 옆집 새댁이 살림을 봐주기로 하고 칠 일 동안 수안보로 보냈다.

수안보에서 삼 일을 보내고 종수가 신부 자랑하고 싶어 중대장 허가를 받아 근무했던 내무반으로 신부를 데리고 들어가니 여기저기 손뼉을 치며 장병들이 모두 일어나 환호하며 축하했다.

"야! 윤종수 병장 제대를 서둘더니 결혼했구나."

"어쩌면 선녀보다 더 예쁜 신부를 데리고 와서 부럽다."

내무반이 떠들썩하고 합창으로 불러주던 전우들, 종수는 잘 왔다고 생각하고 수안보에서 사 온 떡과 과일을 내놓으니 모두가 함께 먹으며 축하파티가 열렸다.

복순이는 부끄러워 얼굴을 들지 못하고 음식을 전우들에게 나누어 주었다. 새 신부는 내 남편이 이곳에서 함께 살면서 전우들과 잘 지낸 것이 자랑스러웠다.

신혼을 마치고 돌아온 복순이 내외가 먼저 두 어른을 찾아뵙고 너무나 고마워서 참지 못하고 울면서 큰절을 올렸다. 모두 두 손을 마주 잡고 눈물을 흘렸다.

촉촉이 젖은 눈으로 머슴방에 들어온 신혼부부는 영구 가슴에 안겨 한없이 울며 "오라버니 이 은혜 죽을 때까지 잊지 않을게요."

영구도 두 사람을 안아주고 진정으로 축하해 주었다.

편히 앉게 하고 칠 일 동안 좋았던 이야기를 들어보자고 하자 얼굴을 붉히며 "오라버니도 좀 늦기는 했지만, 결혼하면 그게 얼마나 좋을지 감상해 보세요." 함께 손잡고 크게 웃었다.

영구는 두 사람 손을 잡아주며 평생 형제처럼 살자며 어깨를 다독여 주었다.

복순이는 "저 오라버니에게 할 말이 있어요. 우리 집에 머슴을 살겠다고 왔을 때 머슴살이 할 사람 같지 않았고, 나도 복이 있으면 저런 사람과 함께 살아 봤으면 얼마나 좋을까. 꿈을 꾸었답니다.그 꿈을 종수씨를 만나게 해 주셔서 이루었어요."

복순이는 감격의 눈물이 그치지 않았다.

"살다 보니 이런 날도 있구나."

3.
자립하다

영구도 오늘 같은 날이 자기 앞에 올 것을 생각하며 숙희의 얼굴을 떠올리며 피식 웃었다.

영구가 지금까지 살아온 것을 뒤돌아보며 앞으로 살아나갈 청사진을 그려보는데 우선 땅이 있어야 하고 새집을 짓고 울타리를 넓게 쳐 아이들이 밖에 나가지 않아도 자유롭게 놀 수 있는 큰 마당, 그 희망이 이뤄질까?

숙희와 결혼하여 아이도 낳고 행복한 그림을 그려보며 실행하기로 마음을 먹고, 땅을 사고 싶어 복덕방을 찾아갔다.

복덕방 사장 노씨는 평소 오고 가며 인사를 나눠 안면이 있어 쉽게 찾았다.

"사장님 큰 밭 한자리 사고 싶은데 좋은 땅이 있을까요?"

"논은 팔아달라는 사람들이 많은데 밭은 마땅치 않아 누가 사려고."

"제가 밭을 사서 직접 농사를 지어 보려고요."

노씨는 장부를 뒤져 보더니 "작은 산이 붙어 있는 자리가 한 곳 있는데 덩어리가 너무 커서 거래가 될지 모르겠네."

"그 밭 한번 보여주실 수 있나요."

작은 언덕을 넘어가니 마당을 쓸고 있는 허리 굽은 중년 농부 박씨가 노씨를 반긴다.

"이 청년이 큰 밭을 사겠다는데 정말 팔겠어요?"

"아들이 팔지 말라고 하는데 빌려 쓴 이자는 늘어는 가고 밭으로 가봅시다. 저기 칡넝쿨이 우거진 작은 산 밑에 넓은 밭이 제거예요."

영구는 밭이 약간 비탈지긴 했으나 방향이 동남쪽이라 괜찮아 보였다.

"저 밭 얼마에 파실 건가요?"

"황소 한 마리 팔아서 산 것이니 세월이 지났어도 그 값은 받아야지요."

"큰 소 한 마리면 쌀이 60가마이니 큰돈이군요. 좀 비싼 것 같은데 깎아주시면 안 될까요?"

"얼마를 주시려고"

중재인이 잠시 생각에 잠기더니 "애초 아주 큰 소 값은 안 준 것 같은데 쌀 다섯 가마만 줄입시다."

"허 큰일 났네, 자식들이 나를 바보라고 할 텐데."

"저도 큰 부담이 되는데 밭이 마음에 드니 내일 오후 현금으로 20 가마 값을 드리고 등기권 이전 서류 넘겨주실 때 잔금을 드리면 되겠습니까?"

땅 주인은 아쉬운 표정으로 한참을 생각하다가 "그럽시다. 한시가 급하니 잔금도 오래지 않아 주시면 좋겠네요."

그렇게 매매 계약이 이뤄지고 영구는 숙희네 집으로 달려가 숙희를 불러 자랑하고 싶었다.

"윤숙희, 윤숙희, 우리 땅이 생겼다. 빨리 나와 봐."

입을 벌리며 여름옷을 얇게 입은 숙희의 불룩한 가슴이 유난히 예뻐 보이는데 떡 벌어진 영구 가슴에 달려와 안긴다.

얼마나 기다렸던 꿈인가.

"영구 오빠, 뭐라고 했어요. 땅이 생겼다고요? 보고 싶어 기다렸는데 오늘은 그동안 참았던 가슴앓이를 풀어야지."

"나도 숙희가 그리워 하루에도 몇 번씩 숙희가 사는 곳으로 발길이 돌아섰는지 알아?"

숙희 집은 길가에 있어 사람들이 오가며 볼 수 있기 때문에 영구를 집 뒤로 데리고 갔다.

숙희가 영화를 보니까 서양 사람들은 처음엔 입술을 맞대고 소리만 쪽쪽 내다가 숨이 가빠지면 몸이 부서지라 끌어안고 얼굴을 비비며 미칠 듯이 몸부림치며 죽자 살자 포옹하며 키스를 하던데 우리 오늘은 밤을 새워가며 '러브신'을 멋지게 해 보자며 매달린다.

유난히 부푼 숙희의 가슴이 영구 가슴에 포개지는 순간 짜릿한 촉감과 입속에서 품어 나오는 그 향기로운 냄새에 영구도 몸을 떨었다.

아--아! 몸이 화끈거리며 숨이 막혀오는 영구도 처음으로 느껴보는 황홀경에 넋을 잃었다.

숙희는 발뒤꿈치를 높여 가며 목을 두 팔로 끌어안고 강하게 영구를 조이면서 조금만 더, 조금만 더, 가쁜 숨을 내쉬며 영구 입속에 혀를 넣었다.

두 사람의 불덩이같이 뜨겁게 타오르는 열정, 온몸이 땀에 젖고 참을 수 없는 지경에 이르자 영구가 입을 떼면서 "오늘은 조금 참았다가 첫날밤에 죽도록 사랑해 보자. 응 — 응."

풀렸던 숙희 팔이 허리로 내려와 더 힘을 주려 한다.

"오빠 숨소리가 나를 죽여! 그러고도 참으라고---."

"우리 사랑 한 달이야 한 달."

두 사람은 그래도 지성인들이라 가쁜 숨을 내뿜으며 조용히 몸을 풀며 아쉬워했다.

땀으로 흠뻑 젖은 두 사람 서로 얼굴을 닦아주며 다시 한번 포옹을 했다.

아직도 가쁜 숨을 내쉬는 숙희는 정색하고 "얼마나 큰 땅을 사셨나. 내 서방님."

"삼천 평! 너무 많은가?"

"아이 좋아라! 아버지께 자랑해야지."

숙희는 좋아서 깡충깡충 뛰며 사랑방으로 달려갔다.

"아버지~ 김 서방이 땅을 샀대요 그것도 3천 평, 우리 부자 되겠지요?"

영구가 방으로 들어가 장인어른께 인사를 드리니 "이 사람 자네 땅 산 거 맞아 3천 평, 그 큰돈을 어떻게 장만했는가 대단허이."

"3년 동안 새경 장려 쌀 놓은 것 받아오고 도둑 잘 잡았다고 주신 다섯 가마 조금만 더 보태면 됩니다. 그리고 장인어른 한 달 뒤 결혼하고 싶은데 괜찮을까요?"

"한 달이면 촉박하긴 하겠지만 집으로 들어와 살 텐데 방만 수리하면 되지. 숙희야 안방으로 들어가자. 너는 간단한 술상도 보고 오늘같이 기쁜 날 한잔해야지?"

숙희가 안방으로 들어가 자랑부터 하고 부엌으로 나왔다.

"장모님 그간 편안하셨어요? 자주 찾아뵙지 못해 죄송합니다."

"아! 이 사람 땅을 샀다며 참 대단허이. 장하다 장해 우리 사위 고맙네."

술상이 들어오고 몇 순배 돌리고 영구는 본가로 가서 부모님들께 인사 올리고 한 달 뒤 결혼을 하겠다고 말씀을 드렸다.

부모님들은 영구가 장하다며 손을 잡고 반겨준다.

"아들아 고맙다. 농사철에 귀한 쌀을 네가 보내준 쌀로 일꾼들 쌀밥도 해 주고"

"어머니 다시 말씀해 보세요. 제가 쌀을 보낸 적이 없어서 믿어지지 않네요. 아! 영감님이 저도 모르게 쌀을 보내셨군요."

영구는 눈물이 핑 돈다. 구두쇠라고 비난받던 최부잣집 영감님 부자가 그렇게 해서 되는구나!

몇 년 동안 엄마를 보지 못해 얼마나 그리워했나. 엄마 품에 안겨 어리광도 부리니.

"이 녀석 왜 아양을 떨어 얼마나 보고 싶었는데 우리 아들 안아보자 언제 어른이 됐어 남자 냄새가 나는구나. 그래서 좋다. 내 작은 아들."

어머니와 하룻밤 지내고 주인집으로 돌아가 전례 없이 농사며 집안일을 부지런히 살펴주니 최 영감님은 저 사람이 내 아들이었으면 얼마나 좋았을까 하며 하늘만 쳐다본다.

저녁을 먹고 사랑방으로 영감님을 찾아가 "옛날 어르신 땅이라던 '바골' 박씨 땅 사고 싶어 계약했어요."

"그 큰 땅을 돈이 어디 있어 사려고 그러나?"

“제 새경 장려로 놓은 것 받아오고 어르신이 주신 다섯 가마 합치면 50가마, 조금만 더 보태면 제 땅이 될 것 같습니다.”

“자네 배짱 누구도 못 말려 결혼도 해야 하니 몇 가마 더 줄게. 그런데 조건이 있어 내 집과 떨어져 딴 곳에 살면 안 될걸. 알겠나.”

이튿날 수원에 있는 농촌진흥원을 찾아가 새로운 농사 정보 책자도 얻고 기상 담당자를 찾다가 장기 기상 예보도 챙겨 왔다.

4.
영구의 결혼

영구와 숙희 결혼식은 처가 마당에서 간편하게 양가 부모와 가족 친지들이 축하해주는 가운데 옛날식으로 치렀다.

넓은 마당에 차일(장막)을 치고 멍석도 깔고 혼례상이 차려져 사랑에 있던 신랑 영구가 식장에 들어서려는데, 장난기 많은 처제와 처남이 멍석 위에 팥을 깔고 돗자리를 그 위에 더 깔아 놓고 들어서자마자 돗자리를 당겨 신랑은 곤두박질쳤다. 모였던 사람들이 박장대소했다. 영문을 몰랐던 신랑, 웃지도 못하고 허둥대는데 장모님이 뛰어나와 사위를 일으켜 세우고 "옛날부터 전래한 신랑 놀리기야, 겁먹지 말고 자리로 가세."

신랑은 사모관대 차림이고 신부는 머리 위에 족두리 쓰고 양 볼에 연지를 빨갛게 칠하고 마주 서서 주례가 이르는 대로 술잔이 왔다 갔다 하고 기러기같이 평생 재미있게 살라고 나무로 만든 한 쌍을 장모님 치마에 싸서 가져가면 식이 끝나는데 80년대까지 신랑 우인 대표가 두 사람, 신부 쪽도 두 사람 양쪽 옆에 서 있다가 신부 쪽 우인 대표가 두루마기로 써온 결혼 축시를 낭독하는 사이 신랑 우인 대표가 솥 밑에 붙은 끄림을 신랑 얼굴에 발라주면 구경꾼들이 어디 신랑감이 없어 숯 굽는 못난이를 데리고 왔어, 빨리 돌려보내 또 한바탕 웃음이 터지고 결혼 테이블이 걷어지면 손님 잔치가 시작된다.

옛 풍습은 동네 청년들이 남의 집 색시를 훔쳐 갔다며 대들보에 신랑을 매달고 다듬잇방망이로 발바닥을 때리는데 장난이 심하면 상처를 입기도 했다.

어쨌든 영구와 숙희는 결혼식을 올려 부부가 되고 친정집에 마련된 신방에서 신혼 첫날을 보냈다.

영구는 거리가 떨어진 양쪽 집을 오가야 해서 중고 자전거를 샀다.

군대 선임들이 터득해 성공을 거둔 동쪽으로 뻗은 버드나무 가지를 잘라 가뭄이 걱정되는 이정골 주인 논 주변을 훑어보니 여러 곳에서 수맥이 확인되어 자신을 얻었다.

장기 예보에 얘기를 주인 영감께 알리고 물 걱정이 되는 이정골 열 마지기는 위쪽을 파서 웅덩이를 만들어 물을 저장해야 할 것 같으니 종수와 고씨를 시켜 땅을 파서 웅덩이를 만들어 물을 가두자고 했다.

“이 사람아, 올해라고 해서 더 가뭄이 타겠나, 어쨌든 자네 마음대로 하게.”

종수를 데리고 가서 자기가 잡아 놓은 장소를 짚어주고 샘을 파게 했다. 우선 텃논에 물을 가득 채우는데, 동네 사람들은 아직도 모 심을 때가 한 달 넘게 남았는데 왜 저렇게 서둘러 물을 가둘까 하고 구경만 했다.

일곱 친구를 모아놓고 진흥청에 갔다 온 이야기를 해 주고 계곡물을 빨리 논에 가두어 준비하자고 알려줬다. 또, 군 농촌지도소에 가서 사실을 알리고 메밀 씨앗을 많이 확보해 달라고 주문하고 돌아와서 이장을 찾아가 대책을 논의했으나, 동네 농부들은 비가 와 물이 넘칠 텐데 무슨 걱정이냐며, 귀담아 듣지 않아 모심기 끝나서야 후회하고 장마 뒤 논밭에 메밀만 심어, 온 들녘이 하얀 메밀밭으로 덮었다.

다행히 새로 판 샘물은 땅에서 솟아오르는 수량이 많아 영구는 웅덩이를 넓이고 물을 많이 담아 물 걱정이 없게 됐다.

영구는 진흥청에서 시험용으로 받아 온 새 볍씨를 모를 따로 부어 키우며 시험할 준비를 차근차근 시행하며 관찰했다

그는 가뭄 때 좋은 흙을 퍼다 쌓고 집 지을 흙벽돌을 찍기 시작, 여러 친구가 도와주어 2천 장이나 준비해서 햇볕에 말려 이엉을 두

껍게 덮어 관리도 잘했다.

영감님은 영구 덕분에 물 걱정 없어 풍년이 들어 벼 일곱 가마를 상으로 주었다.

새집을 짓기 위해 주인 영감님 허락을 받아 강원도에서 벌목하는 형을 찾아가 한 달 동안 벌목 일을 돕고 집 지을 목재를 들여와 그늘에서 말려 가며 소나무 껍질을 틈나는 대로 벗겨 집 지을 준비를 차근차근 마쳤다.

마침 집 짓는 목수가 마을에 있어 집을 지을 목재를 다듬어 달라고 부탁했는데 일거리가 없어 서둘지 않고 준비해 주어 언덕 밑에 터를 잡아 다듬고, 겨울이 오기 전에 집을 짓기 시작했다. 물론 친구들이 도와줘 보름 만에 집이 완성됐다.

안방을 작게 하고 윗방은 농사지을 시험 준비하느라 크게 키워 전방부대에 페치카처럼 윗방 한쪽에 불을 때, 데울 수 있는 구들을 높여 일하다 피곤하면 불을 때 찜질도 하고 농작물 싹을 키우는데 사용할 수 있도록 했다. 또, 새로 산 땅에 거름을 얹고 일부만 갈아 매일 같이 깊이와 지상 온도를 조사하고 기록으로 적어 나갔다.

겨울을 앞두고 이사를 했다. 많은 사람이 축하하러 집 구경을 왔다.

숙희는 첫 딸을 업고 둘째를 임신 배불뚝이가 돼 동창생들을 불러 자랑하기에 바빴다.

최영감은 자기 것은 아니지만, 옛날 땅을 되찾아 영구가 가까이 살림을 나 언제라도 필요하면 집을 도와준다고 해서 안심이 되고 일 년 동안 틈틈이 일해준 날짜를 따져 품삯 위에 쌀 한 짝을 더 얹어 보내 일 년을 먹고도 남을 양이 윗방에 가득 찼다.

이사하던 첫날밤 두 사람은 감격해 얼싸안고 좋아서 춤도 추며 좋은 추억으로 남겼다. 그리고 앞으로는 영구씨, 숙희씨 하지 말고 두 사람만 있을 때는 여보, 자기로 하자며 손가락을 걸며 좋아라며 서로 웃었다.

흙벽돌로 지었는데 손 갈 데가 많아 늘 바빴다.

솥을 걸어 밥 짓고 온돌을 달굴 나무도 충분하지만, 봄 농사 준비에도 바빴다. 싸리나무를 베어다 울타리를 치고 나니 제법 초가집이 아늑해졌다.

겨울이 오기 전 새집을 지었으나 손볼 곳이 많았다. 밥 짓고 온돌 덥힐 솔가지와 장작은 많았으나 부엌에 새로 앉힐, 무쇠솥에 들기름을 발라 반들반들 길들이기, 할 일이 무척 많았다.

5.
농작물 실험

영구는 숙희와 딸을 옆에 두고 잠시도 쉬지 않고 볏짚을 추려 네모진(흙을 담아 곡식 씨앗을 담거나 달걀, 과일 등을 보관에 쓰이는) '오쟁이' 넓고 길게 여러 개 엮어 쌓기 시작했다.

장난기가 발동한 배불뚝이 숙희가 "여보 우우--- 그것 무엇에 사용할 건가유우?"

애교 넘치는 질문에, 그것 친정에도 있을 것 같은데요---.

"이야기를 못 했는데 봄 날씨가 풀리면 오쟁이에다 흙을 담아 담배, 상추, 오이, 호박, 딸기 등의 씨를 묻어 윗방 흙 난로에 불을 때 덮여 그 위에 얹고 씨앗들이 자라는 것을 시험해 보려는 거지요. 내 마님."

옹기나 화분에 심으면 온도에 따라 다를 수 있고 여기에 심으면 자기와 같이 마주 들어 해가 나면 밖에 내놓고 저녁이면 방으로 들여놓기 쉬울 것 같아 만든다고 하니 숙희가 좋아한다.

예상대로 햇볕만 받을 수 있다면 다른 집보다 일찍 파종할 수가 있을 것 같다며 숙희를 바라보며 빙긋 웃었다.

외국에서는 유리로 온실을 만들어 여러 가지 식물을 겨울에도 키우지만, 우리는 유리 살 돈도 없고 아직은 기술도 없어 한 가지씩 우리가 할 수 있는 것들을 시험해 가며 새 농법을 활용해 보려는데 잘 될는지?

햇빛이 잘 드는 부엌 옆에 땅을 1m 정도 깊게 파고 3평 정도 공간을 흙벽돌로 벽을 만들어 문 하나만 두고 지붕은 서까래를 적당한 간격을 띄워 기름 먹인 한지를 덮기로 했다

읍내에서 두꺼운 한지를 많이 사다 밀가루로 풀을 쑤어 겹치고 넓게 3곱씩을 발랐다.

마른 뒤 구겨진 곳을 펴고 들기름을 바르고 마르면 또 발라 펼쳐보니 장판지 같다. 그것을 햇볕에서 말려보니 투명해져 지붕을 덮을 수 있을 같다. 이제 갈대를 잘라다가 잎을 따내고 +자로 드문드문 얽어 서까래 위에 얹고 기름 먹인 종이를 씌우고 펼쳐 놓으니 충분하지는 않아도 제법 온실 지붕이 될 것 같다.

기름 먹인 종이와 벽 사이 틈새는 곱게 체로 친 흙가루와 찹쌀가루를 섞어 된 풀을 진하게 쒀 막아보니 생각대로 온실이 되어간다.

두 사람의 연구와 실험 작업은 끝이 없었다.

"나는 자기가 하는 일 뒷바라지 하며 성공할 것이라 믿으며 기도할 거야. 부족하지만 온실도 만들었잖아, 정말로 신랑 잘 고른 것 같아 자랑스러워"

완성되기까지 험난하고 실패도 했지만, 온실 안에 들어가 보니 바람이 차단된 밖의 온도와 차이가 나고 훈훈했다.

앞으로 눈과 비가 오면 새지 않도록 지붕에 이엉을 얇게 덮어 주면 된다. 당시는 농공시대라 전래하는 농법으로는 발전이 힘들어 햇빛이 잘 드는 마당가 한곳을 3m쯤 파내고 흙을 부드럽게 해서 둑을 만들고 싹이 튼 식물들을 옮겨 촘촘히 심고 대나무를 쪼개 같은 형으로 똑같이 휘어 식물 위에 기름 먹인 한지를 씌우고 밤에는 종이 한 겹을 더 덮어 주었더니 밖의 온도 영하 5도에서도 얼지 않아 시험한 가치가 나타날 것 같다

영구가 사는 곳은 지대가 조금 높아 아랫마을과는 차이가 있어 담배 농사를 할 수 없어 묘목만 방에서 키우면 충분히 여러 가지 식물도 재배할 수가 있는데, 그것이 문제라고 생각되어 연초조합을 찾아가 담배 농사를 지으려 하니 씨앗을 달라고 했더니 영구네 사는 곳은 지대가 높아 안 된다고 해서 지난해 시험한 샘플과 종이로 지은 온실을 설명하니 조합원으로 받아 준다고 했다.

우수 경칩이 지나고 밖에 온도가 영상으로 오르면서 짚으로 엮은

'씨오쟁이'에 흙을 넣고 씨를 뿌려 새싹을 틔워 가장 먼저 상추를 옮겨서 관찰했다. 밤엔 방으로 들여놓고 낮엔 밖에 내놓으니 하루가 다르게 자라는 게 신기했다.

상추는 일주일이 지나 수확할 수 있어 잎을 따다 상추쌈을 먹어보니 그 맛이 어찌나 좋은지 서로 마주 보며 활짝 웃었다. 이제 첫 시험은 성공했으니 다른 작물도 관심을 기울여 관찰하려고 한다. 담배 씨앗도 많이 심어 농사를 본격적으로 시작할 준비도 했다.

실하게 자란 상추는 소쿠리에 담아 최 영감 집으로 가지고 가 읍내에서 사 온 돼지고기와 함께 쌈으로 싸 먹으니 모두 좋아하고 신기한 듯 맛있게 쌈밥을 먹었다.

큰 잎을 따낸 상추는 더 크게 자라 한 아름 따다가 반은 숙희가 영구네 부모님께 드리고 반은 영구 처가로 가져갔는데 물론 돼지고기도 함께 가져가 마침 서울서 공부하던 처남과 처제가 내려와 이른 봄에 상추쌈을 먹으며 봄 향기를 만끽했다.

노지로 옮겨온 호박과 오이 담배도 드문드문 심어 기름종이로 덮어 주고 숙희가 만든 덮개로 덮어 주고 낮에는 벗겨주기를 반복하니 호박이 꽃을 피우고 오이도 열매가 맺혀 신명이 났다. 담배 묘는 둑을 높이고 두 포기씩 파종하고 기름종이로 덮어 보온에 신경을 썼다.

어린 식물들이 어느 온도에서 자라는지 데이터를 만들어 진흥원

박사님들을 찾아가 보여주었더니 열정과 집념을 칭찬하며 앞으로 연구되는 모든 농작물의 샘플을 주겠다는 약속도 받아올 수가 있게 됐다. 또 영구는 새로운 오리 농법을 영감님께 설명하고 오리 병아리를 구하려고 청주 외곽의 부화장을 찾아가 오리 병아리 100마리를 주문해서 영감님 논에 60마리, 본가에 20마리, 처가에 20마리를 무논에 키우게 했다. 그런데 작은 오리들을 까마귀, 까치, 말똥가리들이 잡아가 어느 정도 크기까지는 사람들이 지켜주며 3개월이 지나 크게 자라서 논의 잡풀과 벌레들을 잡아먹고 배설물을 남겨 김매기도 않고 벼가 잘 자라 풍년을 일구는데 한몫을 단단히 했다.

벼 수확이 끝나면 동네 사람들이 몸보신한다며 오리들을 모두 사겠다고 해 20마리만 남기고 청주 장터에서 잉어를 사다 가마솥을 깨끗이 청소하고 오리 15마리를 넣고 24시간 끓이고, 잉어 넣고 다리면 '용봉탕'이 되었다.

뼈까지 물러 집 식구들 먹을 것 남기고 일 년 동안 일해 준 농부와 노인들을 불러, 오리 용봉탕 잔치를 열었다. 그보다 더 좋은 보양식은 없었다.

모든 것이 영구의 노력으로 온 동네가 화합하고 평화로운 마을로 정보도 함께 나누며 새로운 바람이 일기 시작했다. 영구는 최부잣집 머슴이 아니라 장래가 유망한 농촌 청년지도자가 된 것이다.

최 영감님은 영구가 하는 일마다 새롭고, 추진력이 강하고 사람 사귀는데 재주가 있어 그가 옆에 있어 주는 것이 고마워 그가 추진하는 일에 적극적으로 밀어주어 동네서는 부잣집 머슴이 아니라 큰 일꾼으로 추앙받아 청년지도자로 뽑혔다.

영구는 남의 집 머슴 신분으로 큰일을 맡는다는 것은 경우가 아니라며 강력히 고사했지만, 마을 노인들과 친구들이 강력하게 추천하니 어쩔 도리가 없었다. 최 영감님까지 잘할 거라며 적극 찬성하니 그 직을 벗어나기가 어려웠다.

세상 어디에 남의 집 머슴이 동네 대표 청년지도자가 된다는 것이 전례가 없는 일 아닌가.

집으로 돌아와 큰 고민에 빠졌다. 자기가 벌여놓은 일도 태산 같은데 무거운 동네 청년지도자는 큰 짐이 되기 때문이다.

숙희는 좋아서 딸을 안고 "아빠가 글쎄 이 동네 청년지도자가 됐다는구나 경사 났지?"

남편 곁에 앉아 반은 좋아서 웃고 반은 남편이 고민하는 것을 보며 울컥하는 마음에 안쓰러워 울기까지 했다.

딸 선희는 엄마의 따뜻한 품에 안겨 깊은 잠이 들었다.

6.
소금 장사를 하다

이튿날 영감님을 찾아가 청년지도자도 사퇴하고 제 일과 영감님 일만 돕도록 도와주세요. 그리고 소금 장사 이야기를 알려달라고 했다.

"자네, 참 알다가도 모르겠어. 이젠 소금 장사까지 하려고? 속 터지는 일이야. 생각도 하지 말고 농사일이나 연구해가며 함께 살자고. 소금 장사 하면 돈은 남아, 그런데 봄 장 담그고 가을 김장철에만 팔려, 평소에는 사는 사람도 없고 보관도 어려워 변하지는 않아도 소비량이 준다."라며 계획을 접으라고 한다.

집으로 돌아온 영구는 숙희에게 소금 장사 이야기를 들려주고 어떻게 할지 의논해 보니 숙희는 남편이 하고자 하는 일에 적극 찬성이라 했다.

형을 찾아가 소금 장사 이야기를 하고 성공해서 돈을 벌면 형들에게 물려주겠다고 했더니 그들도 나무 벌채 허가가 어려워 고민인데 우리 합자를 하자며 적극적으로 찬성하고 미군 짚차에다 덮개를 씌워 만든 자동차도 빌려주겠다고 했다.

영구가 차를 빌려 시장조사를 하겠다니 둘째를 임신한 배불뚝이 숙희가 딸 선희를 친정에 맡기고 같이 가고 싶다고 하지 않는가. 이틀 예정으로 운전사를 끼워 형네 차를 빌려 청주의 소금 시세 군산의 상황. 소금을 직접 생산하는 전라남도 영광의 염전을 찾아가 살펴보는데 가을 김장철이 끝나 소금이 안 팔린다며, 지금 현금을 주면 생산가에라도 팔겠다며 여러 사람이 자기네 소금이 제일 좋다며 서로 팔려고 난리를 친다.

당시 청주나 대전 조치원은 소금 한 가마에 1백 60원에서 70원, 군산은 1백 40원 생산지에서는 소맷값이 1백 10원이라고 했다. 그런데 청주까지 운반이 문제다. 생산지에서 호남 철도 신태인역까진 트럭으로 운반하고 신태인에서 청주까지는 기차로 실어와야 하는데 빨라야 20일 전후 소금 장사는 어려움이 많았다. 그렇다고 한겨울 농한기를 활용할 방도를 알아보고 또 알아봤지만, 신통치 않아 형을 찾아가 벌목 장소에서 청주까지 나무를 실어오는 경비와 시간을 계산해 봤다.

차주를 만나 GMC 트럭에 소금 2백 짝을 실을 수 있는데 염전에서 청주까지는 11시간이 걸리는데 운반비는 오히려 트럭이 싼 편이었다.

"여보, 자기와 돌아본 소금 시장 실태 어떻게 했으면 좋겠어?"

아내가 만삭이었지만, 바다 구경도 하고 법성포에서 조기를 곁들인 점심 맛도 좋았고 다시 한다면 하고 싶다며 살짝 웃는다.

"자기는 늘 계획성 있고 매사에 빈틈이 없으니 생각대로 하시구려! 나는 언제나 내 님만 믿으니까."

그런데 소금을 들여와도 쌓아 둘 곳이 마땅치 않다. 생각해 보니 처가댁 소 외양간이 비어 있고 윗방도 50짝 정도는 보관할 수 있으니 한번 일을 저질러 보자고 영감님을 찾아뵙고 그간의 상황을 말씀드리니 "그래! 벌써 소금 팔러 다니려고 참 급하기도 하네--- 윤 서방도 데리고 가게"

염전에서 우선 2백 짝을 계약하고 차에 싣고 와 쌓고, 소달구지에 6짝을 싣고 출발했다. 우선 교통이 불편한 시골부터 시작했다.

두 명이 "소금 사세요. 우리나라에서 제일 좋은 소금을 팝니다."

처음엔 목소리가 나오지 않아 어려웠지만, 윤 서방이 큰소리를 질러 익숙해졌다.

해가 지기 전에 모두 팔았는데 현금보다는 곡식으로 받았더니 팔면 이득이 더 많을 것 같았다.

첫 거래로 영감님이 2짝 사고 동네에도 소문이나 20짝, 친구들이

7짝 그대로 진행되면 농한기 끝나기 전에 3백 짝을 팔 것 같았다.

소금이 거의 팔리고 남은 것을 청주 소상인들에게 도매금으로 팔았다. 혹시 새 품종이 나왔나 하고 진흥원에 찾아가 박사님들도 만나고 기상 담당자를 만나 기상 예보 정보도 얻어 왔다.

내년 봄은 길게 가물고 벼가 익을 때쯤 강한 태풍이 예상되어 농민들에게 주의가 필요하다는 것도 알고 왔다.

골똘히 생각해 보니 봄이 길어지면 소금은 더 많이 생산되고 가을 태풍이 심하게 불면 소금밭은 폐허가 되어 소금 파동이 일어날 것도 같다.

영구는 소금 장사를 본격적으로 해보려고 자금을 미리 확보했다. 그동안 모은 돈과 소금 팔아 남은 돈과 처가에서 조금 빌리면 천 가마는 살 것 같았다. 여유로 좀 더 준비하기로 했다.

가을걷이를 마치고 염전으로 가서 이백 짝을 싣고 와 종수와 또 소금 장사에 나섰다.

이듬해 늦여름 염전 박씨를 찾아갔더니 예상했던 대로 가뭄이 길어 생산이 많아져 소금창고마다 가득가득 쌓이고 팔리지 않아 생산지는 야단이 났단다.

업주들이 영구를 강제로 자기네 창고로 데리고 다니며 공평하게 팔아 줄 것을 애원하다시피 목을 맨다.

"여러분 저는 농사짓는 농군이고 지난가을에 가져간 물건이 아직도 팔리지 않아 늦게 청산을 하고 예약된 2백 가마만 싣고 갈 겁니다."

다음에 또 오게 되면 여러분들 것도 조금씩이나마 팔아 주겠다고 했더니 꼭 그렇게 해달라며 모두 물러가고 염전을 나왔다.

우선 2백 짝을 트럭에 싣고 법성포를 나오니 박씨가 뒤쫓아 오더니 점심을 거나하게 대접하고 조기 아홉 두름과 말린 장어 열 마리를 사주며 앞으로 얼마를 더 사주겠냐고 해서 일천 짝을 사주겠다고 하니 박씨가 놀라며 "김 사장님은 화끈해서 좋다."라며 활짝 웃는다.

현찰 반만 주면 90원씩 해 주지 영구는 5백 짝 값을 주고 수송 중에 수량이 줄거나 가마니에 담은 분량이 채워지지 않으면 거래를 끊고 장 사장과 거래하겠다며 5백 짝을 새벽이나 밤중에 실어오면 소동이 안 날 것이라며 책임지고 청주까지 보내 달라고 하고 법성포를 떠났다.

운전해 준 차주에게 조기 한 두름, 장어 한 마리, 처가에 두 두름과 장어 2마리, 보태서 영감님네 두 두름, 아버지 집에 조기 한 두름, 장어 두 마리 보내고 집에 와서 숙희와 선희에게 조기로 반찬을 하니 딸도 맛이 좋다고 한다.

처음 박씨가 보낸 소금은 4백 짝인데 장모님과 처남이 확인하니 앞차는 맞고, 뒤차는 5짝이 모자란다고 기록해 놨다.

트럭을 타고 종수와 새벽에 떠나 영구는 멀리서 서 있고 종수에게 박씨를 불러오게 하여 모자란 부분을 채우게 하고 나머지는 박씨가 책임지고 트럭에 함께 타고 실어 올 것도 말했다.

박씨는 고맙다며 타고 간 트럭에 50짝을 더 주어 250을 싣고 처가 외양간에 쌓기 전에 옹기 파내기를 두 곳에 놓고 통나무를 고여 그 위에 소금을 쌓으면 갱에서 나오는 물이 흘러 그물로 두부를 만들어 먹으면 좋다는 것도 알았다.

트럭 운전기사들은 습관적으로 고속도로 휴게소나 중간에서 자기가 싣고 있는 화물을 빼내 주인이 확인하면 실을 때 덜 실었거나 휴게소에서 잠깐 잠든 사이 도둑들이 훔쳐 갔다며 오히려 어렵게 실어 왔는데 운임을 더 달라는 게 그 시절 풍속이었다.

농촌에서는 비가 늦게 내려 모심기가 지연되고 물 관리에 힘들었지만, 영구와 온 동네는 가뭄에 대비해 놓았기에 피해가 적었다.

영구는 복순이 집에 놀러 가 아들 낳은 것을 축하하고 아기 옷을 사서 입히라고 돈을 조금 주고 왔다.

한동안 보지 못했던 숙희와 딸 선희가 보고 싶어 처가로 가보니 첫아들을 낳아 젖을 먹이고 있어 가슴이 울렁거렸다.

"아! 아들까지 낳아준 숙희가 저렇게 예뻤던가?"

확 끌어안아 주고 싶은 마음이 앞섰지만, 일이 바빠 옆에서 돌보아주지 못해 미안해 하는데 "여보! 이 녀석 누구를 닮았나 봐요. 그리고 아버님과 상의해서 첫아들 이름도 지어주고 내가 낳았지만, 아주 귀여워 죽겠어요."

밖에서 손을 씻고 돌아와 숙희 곁으로 가 내 사랑 수고 많이 했어요, 뒤쪽에서 안아주며 엄마 젖을 잘 먹는 아들을 내려다보니 꿈만 같다.

이 녀석 엄마 품에서 잘 커라, 우리 집 복덩이 장남 아가를 몸에 받아본다.

"나도 두 아이의 아버지가 됐구나!"

밖에 나가셨던 장인이 돌아오셨다.

"김 서방 왔구먼, 잘 왔어 애기 이름도 오늘 지어주어야지. 얼마나 잘 생겼는지 울 때는 집안이 쨍쨍 울려. 사람 사는 집이 이래야 좋지! 숙희가 아들이 자네를 닮아 좋다더군. 자네 집안 항렬이 어떻게 되는가?"

"저희 위가 준(俊) 자이고 제가 영(榮)자 아래는 현(鉉)자랍니다"

"어떤 이름이 좋을까?"

동현, 주현, 광현, 상현, 명현---?

"장인어른 좋은 이름 생각해 보세요."

"글쎄. 동은 동쪽을 의미하고, 주는 두루 주, 명은 밝음의 의미이니 이 중에서 골라 보자고."

"숙희는 어떤 게 맘에 드니?"

장인어른은 애비가 우선이라며 숙희와 아기 이름을 정하라고 하신다.

“아버지가 영이니 동자가 좋겠네요.”

“응, 김동현 그것 좋군. 자네는 어떤가?”

“김동현, 김동현, 부르기도 쉬운데요.”

“동현으로 정했어. 손뼉 한번 쳐 보자. 이름이 생겨서 좋다 애기야!”

숙희와 동현과 함께 밤을 지낸 영구는 가슴이 뜨거워지며 숙희를 안아주며 하늘이 내려주신 복이야 잘 크거라 아기를 품에 안아본다.

“아— 아, 이런 기쁨 또 있을까?”

숙희도 활짝 웃는다.

7.
담배 농사를 하다

집으로 돌아온 영구는 담배밭으로 가서 이리저리 살펴보니 새파랗게 자란 잎들이 수확기를 맞아 검은색으로 변하면서 싱싱하다.

이튿날 친구들을 불러 술 한잔하면서 아들 자랑과 담배 수확 작업 날짜를 정하고, 영감님 집으로 가 인사를 드렸다. 그리고 복순이에게 담배 수확하는 날 일꾼들 먹일 음식 준비를 부탁했더니 혼자는 어려워 이웃집 시집온 새댁과 준비를 약속했다.

집에 와 누우니 잠이 쏟아져 깊이 빠졌는데 누가 와서 형님, 형님 흔들어서 깨워 보니 종수가 영감님이 저녁을 같이하자고 하시는 데 낮잠을 곤하게 자네요?

종수와 함께 내려가 영감님을 뵙고 문안 인사를 드리고 난 후 저녁 밥상을 받았는데 영감님이 “자네 도대체 어떻게 된 사람인가 담배 농사를 그렇게 잘 키우고 무엇이 부족해 집집마다 소금을 쌓아 놓고 그걸 어쩌려고…"

"어르신 오라버니가 아들을 낳았대요."

복순이가 소식을 전하니

"그래! 아들까지 낳았으니 축하하네"

영구가 말을 이었다.

"제가 그동안 무척 바빠서 못가 봤는데 낳은 지 보름이라더군요. 숙희와 처가 부모님께 부끄러워 얼굴을 못 들었어요."

"오라버니 경사가 겹치네요! 축하해요!"

복순이도 축하의 말을 전했다.

"어르신 덕택에 일이 잘 풀려 어쩌면 부자가 될 것 같습니다. 진흥청 말대로 봄이 길게 가물면 소금 생산은 많아져 값이 싸지고 가을에 태풍이 불면 파동이 나겠지요. 그래 야단이 날 것 같아 모험했습니다. 제가 욕심을 너무 냈나요?"

"자넬 누가 이겨 이 동네 부자 또 한 사람 나오겠구먼! 하여간 대단하구먼"

농사 중에 제일 힘든 것이 담배 농사, 온실에서 씨앗을 키우고 파종하기까지 손도 많이 가고 실패하면 농사를 망치기 때문에 웬만한 집은 포기하기 일쑤다. 더구나 수확철이 여름이라 밭에 들어가면 땅에서 올라오는 열기와 잎에서 뿜어 나오는 짙은 냄새, 바람 한 점 없는 고랑에 잎을 딴 줄기서 진까지 나와 얼굴과 온몸이 진과 땀, 범벅 고통이 이만저만 아니다. 그러나 농촌에서 목돈을 만지려면 소를 키우거나 봄누에치고, 여름 담배, 가을 춘잠, 그 돈으로 아들, 딸 공부에다 결혼까지 잠시도 쉴 사이 없이 농사일에 매달려야 한다.

작은 온실에서 싹을 틔운 영구는 파종을 일찍 하고 관리를 잘해 다른 농가보다 10일 앞서 수확할 수가 있었다.

담뱃잎을 딸 날이 되어 종수도 아침을 일찍 먹고 밭으로 나오고 아홉 명의 일꾼이 땀을 흘리며 따낸 담뱃잎은 산같이 높이 쌓여 지나는 사람마다 구경하며 칭찬이 대단했다. 또한, 쉴 때마다 복순이가 시원한 음식을 가져와 배불리 먹여주니 큰 몫을 했다.

영구와 종수가 3일 동안 담뱃잎을 엮어 건조실로 가지고 갔다. 건조실 관리자가 늘 그랬다며 건조실을 첫 번 사용하면 터주신에게 제를 올려야 한다며 제 지낼 목록을 일러준다.

마른 북어 한 마리, 3색 과일, 막걸리에 하얀 시루떡, 읍내에 가면 떡 방앗간에서 작은 시루에다 한 시간이면 쪄준다며 꼼꼼히 일러준다. 건조실 안에 담배 엮은 것을 다 채우고 문을 닫고 제를 올렸다.

형들 벌목장에서 실어온 소나무 장작으로 이틀 동안 불을 때고 3일 만에 꺼내 보니 노란 담뱃잎이 보기도 좋아 모두가 손뼉을 치며 축하했다.

소달구지에 싣고 수매장으로 갔다. 아직 철이 이르지만 질이 좋으니 받자며 등급을 먹이는데 1등급이 80%, 2등급 20%로 좋은 등급을 받았다.

등급을 매긴 검사관이 이 지역에서 이렇게 좋은 물건은 처음이라며, 영구에게 악수를 청하며 대단한 청년이라며 격려까지 받았다.

한때는 현장에서 대금을 지급했는데 소매치기와 분실 등 문제가 발생하여 금융기관에서 대금을 취급하도록 지급 방법이 바뀌었는데 아직 담배 수납철이 10일이나 남아 자금조달이 안 됐다며 기별이 가면 수납금을 찾아가라고 했다.

영구와 종수는 국밥집으로 가 소고기가 가득 담긴 음식을 시키고 군대 생활의 추억을 떠올리며 기분 좋게 한잔하고 군가를 부르며 집으로 돌아왔다.

벼가 고개를 숙일 때 사라호 다음가는 태풍이 한반도 남쪽 지방을 훑고 지나가 소금생산의 중심지 전라남도 신안지방 모든 소금밭이 갯벌이 되고, 폐허가 됐다는 보도가 발표됐다.

단골 박씨네 소금밭도 창고가 날아가고 거센 모래바람이 불어와 소금이 모래에 섞여 먹을 수 없다고 통지가 왔다.

태풍이 지나고 얼마 뒤 염전의 박씨가 찾아와 단골들이 아우성치니 100가마만 달라고 애원해서 차에 실려 보냈는데, 소문이 나서 여기저기서 소금 상인들이 자기들끼리 값을 먹여 20일이 지나지 않아 영구네 1,200가마 소금이 모두 팔리고, 30짝은 남겼다가 처가와 본가 이웃집들 김장용으로 나누어 줬다.

소금 장사 사업은 형님들 그룹으로 넘겨주고 농사일에 전념키로 했다.

집에 돌아온 숙희는 애기를 업고 청소, 빨래 빨기 바쁘게 돌아쳐 집안이 정돈되고 비닐이 개발되어 농촌에 보급되면서 온실 걱정 없어 논 8마지기 밭 2천 평을 더 사서 자기 땅으로는 어떤 농작물이거나 재배할 수 있어 살아갈 앞날이 훤히 보였다. 또한, 통일벼가 전국으로 보급되면서 수확량이 많아져 농촌의 가난도 차츰 안정되기 시작했다.

8.
통일벼 육종한 '허문회' 박사를 만나다

영구는 통일벼를 개발한 '허문회' 박사를 찾아가 육종 과정을 알아봤다.

인상부터 부드러운 박사님은 2001년 5월 당시(71세) 새로운 벼 품종 육종을 위해 1960년 '필리핀'에 있는 '벼농사연구소'에서 밤낮없이 10만 종 넘는 품종을 이것저것 찾아 품종 교배를 하던 중 효율성이 높은 품종을 찾아 종자 정립을 했다고 한다.

70년도에 처음 알려지고 72년 13만 농가에 보급하기 시작했다.

우리 벼의 약점은 거름이 진하면 쓰러지고 약하면 소출이 줄며 병에도 약해 키가 작으면서 병충해도 적고 소출이 2배나 높은 통일벼를 육종하여 쌀의 자급을 성공시켰다고 했다. 그런데 새 품종이 밥맛이 없다고 기피하고 보리밥도 없어 못 먹는 상황에서 쌀의 자립은

절대적이라며 대통령령으로 통일벼를 재배하며 개선하여 성공한 것이다.

허 박사님은 우리나라와 같이 좁은 땅에서 2차대전을 겪은 영국은 식량이 절대적인 것을 알았고 종전 후 식량 자급을 75%로 끌어올려 경제부국을 이루었다고 했다.

쌀이 남아돈다? 가축 사료를 포함해도 30% 자립도 안되는 우리나라, 걱정되는 쌀농사, 수급만큼만 재배하고 자립도가 겨우 3%인 밀과 보리, 콩을 대체 작물로 재배하면 가축 사료 수입을 줄일 수도 있고 식량 자급률을 높이는 게 좋겠다는 의견도 제시했다.

그에 따르면 온 세계는 우량 식량 연구에 불이 붙어 새 품종을 연구한다면 떼로 몰려와 군대가 막아주지 않으면 통제가 어려워 우리나라도 필리핀에 3백 명의 군인이 철통같이 경비를 서주어 실험에 실험을 거쳐 통일벼를 완성한 후 세계곡물협회에서 승인을 받고 특허를 받아 다른 나라에서는 재배할 수도 없다고 한다.

집으로 돌아온 영구는 "어르신, 통일벼가 보급되어 장려 쌀도 놓기 어렵고 자제들도 커서 고등학교를 마치도록 성인이 됐으니 이제 재산정리를 생각하셔야 할 것 같습니다. 생전에 상속으로 물려주시면 세금이 어마어마하답니다. 아들 세 명에게 손자 대까지 먹고 살만큼 충분히 나누어 주시는데 '변호사'를 만나보니 어르신 생전에 상속하시면 세금이 많고요, 생후에 유산으로 법에 공탁하면 보호받을 수 있는 유언을 녹음으로 남기고 기록으로 보전 신청을 하면 세금이 적게 책정된다고 합니다. 그리고 사후에 형제간에 재산 문제로 다툴 일도 없다고 하니 변호사를 만나 상의하시는게 좋겠습니다. 어렵게 모으신 그 많은 토지 모두 정리하시고 큰 아드님에게 승용차를 사주고 우리나라 좋은 곳과 외국에 여행하시면서 즐거운 노후를 보내시는 게 어떨까요?"

재산 상속 문제가 나오니 영감님은 깜짝 놀라시며 "그 생각은 못했다며 이야기를 듣고 보니 가슴이 뛰고 놀랍다."라고 했다.

영감님은 법을 잘 아는 변호사를 만나보아야 한다면서도 얼굴에 근심이 가득 찼다.

"재산을 그대로 두고 하늘나라에 가면 어떻게 될까. 그것도 걱정이네."

사실 자세히는 모르지만, 추수 때 장려 쌀과 소작인들로부터 받아들이는 양곡과 현금이 어마어마하여 많은 토지와 크고 작은 산까지 포함하면 재산 파악이 어려울 만큼 소문난 부자라서 자손들에게 나누어 주고도 엄청난 재산, 그것을 어떻게 할까 걱정이다.

"자네 생각은 어떤가."

"어르신 여생이 얼마나 많이 남으셨나요.?"

그것부터 생각하시고 천천히 재산 정리를 하시면 좋겠다는 의견을 냈다.

재산은 마을에서 먼 곳부터 천천히 팔고 복순이와 종수는 재산을 물려받을 권리가 없으니 판매된 대금 중 일부를 주고 그 돈으로 어르신 토지를 사들인 것으로 보상하시면 법적으로 문제가 되는지는 몰라도 좋은 방법 같습니다. 그리고 재산 중 일부를 어려운 농가 아이들 장학금으로 내놓으시면 그 또한 좋은 인심을 얻을 것 같네요.?

9.
농촌지도자로 거듭나다

정부는 새마을사업을 전국적으로 확대 영구네 마을도 마을 안길을 넓히고 초가지붕을 헐고 슬레이트나 시멘트 기와로 바꾸어가는 대대적인 사업이 벌어졌다.

영구는 새마을 지도자로 앞장섰지만, 숙희는 부녀회장을 맡아 아이 두 명을 키우면서 임무를 수행할 수 없어 회장직을 사퇴하고 경쟁자로 나왔던 이양숙 후보에게 회장을 물려주었다.

영구는 농사일과 새마을사업에 매달리다 보니 몸도 고달팠다.

쓰러져 가는 오막살이 집 5채가 뜯기고 조형국 부잣집이 마을과 신작로로 이어지는 곳에 땅이 있어서 2백m 길을 닦는데 300평을 희사하고 최 부잣집은 쌀 5가마, 영구는 5만 원을 마을 기금으로 내놓아 마을 전체를 새롭게 단장했다.

군수의 안내로 청와대 조사단이 마을에 찾아와 새마을 지도자 김영구를 불러 마을 현황을 듣고 여러 곳을 살펴보고 떠났다.

얼마 뒤 서울 장충체육관에서 제1회 전국새마을대회가 열려 영구와 숙희가 초대장을 받고 대회에 참가하느라 두 아이를 외가에 맡기고 참가했는데 모범 새마을 지도자로 영구와 다른 지역 지도자 세 명이 선발되어 단상으로 올라가 대통령으로부터 훈장과 격려금을 받고 마을 발전기금과 금일봉도 받았다.

대통령은 머슴으로 살면서 자립에 성공한 김영구 내외를 크게 칭찬하며 박수갈채를 받았다.

마을로 돌아와 보니 축하 현수막이 걸리고 복순이와 종수가 두 사람에게 꽃다발을 안긴다. 영구는 마을 원로와 청년들을 모이게 하고 마을 발전기금 2백만 원과 금일봉으로 받은 백만 원을 어떻게 사용할 것인가 토의를 했다.

다양한 의견들이 나왔지만, 영구가 의견을 내어 마을회관을 짓기로 하자는데 동네 어른들과 청년들이 적극 찬동으로 결의했다. 구체적인 것은 추진위원회를 만들어 추진키로 합의했다.

마을회관이 필요한 것은 동민들이 한곳에 모일 수 있고 또 노인들 복지와 특히 가난으로 학교에 가지 못한 아이들을 야학을 열어 한글을 가르치고 가끔 군청에서 영화를 상영할 수 있는 계획도 짰다.

군청에서 시멘트 3백 포, 철근 반 톤을 지원받고 모은 기금으로 지붕과 창문 모자라는 경비를 충당하여 최 부잣집 마당 옆 300평을 기증받아 훤칠한 회관을 완공했다.

보수적인 노인들 남녀 수용할 자리가 구분되지 않아 문제가 될 것 같아 노인복지회관은 다음에 증축하기로 하고 개관식을 준비 중인데 다른 동네는 농악대가 있어 풍장을 치는데 농악대가 없는 것이 문제라서 어르신들이 옛날 사용하던 꽹과리, 징, 장구들을 내 왔는데 관리가 되지 않아서 녹이 슬어 새것으로 바꾸기로 했다. 그리고 이웃 마을에 지방문화재로 인증을 받은 농악 전수자를 초빙해 연습하는데 태평소를 부를 사람이 없어 걱정이란다. 다행히 마을에 남사당패를 20년 동안 같이 다니며 공연했다는 62세의 할머니가 있었다.

그는 남자들 틈에서 혼자만 태평소를 부를 수 없다며 여성 회원 몇 사람을 보충해주면 자기도 합세하겠다고 해서 40대 후반의 신명 좋은 여성 두 명을 보충하여 농악대가 창설되고 제법 솜씨 좋은 알찬 공연을 마쳤다.

군수가 수건 300장과 금일봉을 보냈고 농협회장, 경찰서장 등도 금일봉을 내놓았다.

마을에서는 돼지 한 마리를 잡고 부녀자들이 음식을 맛있게 만들었고 모두가 좋아하는 대회를 잘 치르고 칭찬받으며 마무리했다

영구는 군청과 농협에 낯이 익은 사람들이 많아 일하는데 협조가 잘 돼 바쁜 일일 때도 우선적으로 협조가 잘 됐었다.

초등학교를 찾아가 아이들이 배우던 교과서를 구해 오고 칠판을 설치해 야학이 시작되어 동네 아이들 45명이 마을회관에서 수업이 시작됐다.

국어는 영구가 맡고 산수와 사회는 숙희가 첫 수업을 했으나 아이 두 명을 키워야 하는 숙희는 수업을 계속할 수가 없어 문제가 생겼다. 마을을 통틀어 선생님을 찾는데 다행히도 중학교를 마친 새로 시집온 이종열씨 집 며느리 김옥란씨에게 맡기려 하니 젊은 며느리를 내보낼 수 없다는 이씨 영감님 고집을 신랑인 아들과 청년들이 설득하여 야학이 성사되도록 하고 그 후 열심히 가르쳐 첫해에 초등학교 수준을 마쳤다. 그런데 야학은 아이들뿐만 아니라 더 시급한 것이 결혼을 앞둔 처녀들과 글을 배우지 못하고 시집온 새댁들에게 한글을 깨우쳐 주는 것도 필요해 점심을 먹고 낮 1시부터 3시 30분까지 그들에게 우선 한글을 위주로 가르치기로 했는데 의외로 문맹자가 많아 37명이나 됐다.

김옥란 새댁에 쌀 10말을 주기로 하고 주간반도 맡기기로 했더니 그렇게 반대하던 시아버지가 흔쾌히 승낙하여 수업을 시작해 학교를 못가 한이 됐었던 그들은 글을 배우겠다는 열의가 높아 첫해에 초등학교 과정의 국어 공부를 모두 끝냈다.

한글을 깨우친 부녀자들은 책만 보면 읽고 싶어 했다.

영구는 중학교 동창 2명이 근무하는 청주시청을 찾아가 시장을 만나게 됐고, 청주시 각 동장을 통하여 책 모으기 운동을 벌여 4백여 권이 모였는데 소식을 들은 시립도서관에서 도서관에 비치된 서적이 부족하다고 하여 일부 나누어 주고 250권을 받아와 마을 목수가 책장을 짜서 진열해 놓으니 회관 내부도 환해지고 보기도 좋았다.

야학은 3년 동안 계속되고 89가구 중에 글 모르던 주민들이 책을 읽으며 행복을 찾았고 이웃 간의 친목이 돈독해지고 특히 단합이 잘 돼 만나는 사람마다 인사하기, 서로 돕기를 하여 마을에 생기를 불어넣었다.

야학은 이웃으로 퍼져 전국적으로 확대되고 문맹 퇴치에 크게 이바지했다. 야학을 마친 아이들은 할아버지, 할머니들에게 글을 읽어 주어 더 큰 보람이 됐다.

비닐하우스를 짓고 새 농법을 시작하며 4살 된 딸 선희와 두 살 된 아들 동현이를 숙희가 데리고 나와 남편과 모처럼 함께 오솔길을 걸으며 이런 날이 오기를 얼마나 기다렸다고 말하며 숙희가 남편을 돌아보며 행복한 미소를 짓는다.

"자기 엄마 노릇 참 힘들지, 나 오늘 두 아이를 보면서 당신 얼굴에서 웃음이 피어나는 것 보고 감격했어. 그 어려움 속에서도 굴하지 않고 아이들을 꿋꿋하게 키워주는 나의 천사 '마돈나' 이런 날이 많았으면 좋겠어?"

옆으로 다가서며 숙희 볼에 입맞춤한다.

"너무 치켜세우지 말아요, 우리가 이런 게 꿈이었잖아요."

눈물을 흘리는 숙희가 행복의 키스를 남편 볼에다 쪽쪽. 영구는 어깨에서 딸을 내려놓고 "자기 참 고생 많이 했어. 고마워 내 사랑"

그날 참으로 오랜만에 산책을 통해 서로가 꿈꿔온 행복의 기쁨을 나누었다. 오랜만의 산책은 그들이 꿈꿔온 행복의 기쁨이었다.

땅도 더 사들이고 진흥원을 자주 찾아 미래의 일꾼을 키우기 위해 우수지도자 특수교육반에 영구도 합세하여 2개월 기술교육을 받았다.

그동안에 셋째 주현이가 태어나고 선희가 초등학교에 입학해야 하는데 학교가 멀고 교육 분위기가 좋지 않아 청주가 가까운 외가에서 멀지 않은 석교초등학교에 입학했으나 또래들을 사귀지 못해 엄마보고 집으로만 가자고 매달려서 달래고 달래서 학교생활을 겨우 적응하게 했다.

선희가 3학년이 되자 둘째도 입학을 해야 하는데 외가에만 맡기는 것이 마음에 걸려 학교 근처에 셋방을 구해 집에는 복순이가 아침과 저녁밥을 지어주기로 하고 그 집 아들까지 네 명이 살아야 하는데 아이들을 관리하기가 꽤 힘이 들었다. 그래도 참고 견디며 세 명이 차례대로 학교를 마쳤지만, 중학교는 서울서 가르쳐야 할 것 같은데 이젠 학비가 문제였다.

담배 고추 특용작물 농사로는 뒷바라지 하기가 모자랐다.

10.
포도밭을 운영하다

청주에서 머슴살이하며 방앗간을 운영해서 재벌이 된 민 회장님을 찾아뵈었다.

새마을대회에서 훈장을 받을 때 머슴 출신이라는 것을 알았다며 보고 싶었는데 무엇을 도와줄까? 한참 동안 생각하고 나서 웃는 얼굴로 어깨를 두드리며 반색을 했다.

"수입이 괜찮으니 포도밭을 운영해 보겠나?"

학교 주변에서 포도 철에 낮과 밤 포도 농장을 운영해 보니 현장에서만 판매하느라 직원들이 힘들어하니 마음이 들면 한번 해 보는 게 어떨까?

"어르신 그 큰 땅을 살 돈이 모자라 어려울 것 같은데요."

"같은 환경을 겪은 자네라면 싼값을 받고 모자라면 차차 갚으면 되잖은가?”

농협에서 절반 값을 대출받아 반은 갚고 나머지도 차츰차츰 갚았는데 민회장 같은 독지가가 또 있을까?

그는 하늘나라 가서 고인이 됐지만, 청주에 사립고등학교를 지어 영재를 키우고 있었다.

인수한 포도밭은 재래 품종이라 첫해는 그대로 운영하고 차츰 머루 포도로 바꿔 포도밭을 운영하니 젊은 대학생들과 주변 사람들, 어느 때는 손님을 못 받을 만큼 눈코 뜰 새 없이 바빴다. 품질 좋고 맛이 좋다는 소문이 퍼지자 장사가 잘된다며 깡패, 상이군인들이 찾아와 행패를 부렸지만 진실로 그들과 대화를 해보니 마음들이 따뜻해 그들도 고객이 됐다.

가을에 대구에서 개최되는 전국 새마을대회에 초대받았는데 많은 사람이 알아보고 칭찬하며 반겨 주었다. 대회가 끝나고 도지사가 만찬을 열어 주었다. 청포도를 본 참석자들이 너도나도 맛을 보며 겨울에도 포도를 먹을 수 있다는 게 큰 관심을 보였다.

진흥청을 찾아갔다. 박사님들은 새마을대회에서 대통령 칭찬을 받던 지도자라며 박수로 환대해 준다.

그곳에 내놓은 청포도는 남아메리카 ‘칠레’ 산으로 우리가 개발한 머루 포도가 아직 세계 제일 좋은 상품으로 프랑스, 이태리, 독일 등의 학자들이 관심을 가지고 연구 중이라는 반가운 소식을 듣고 자신이 머루 포도 선구자가 됐구나 하는 자부심이 생겼다.

청주로 돌아온 영구는 숙회와 아이들 교육문제를 의논했다.

선희를 상업학교에 보내 고등학교 나오면 성적이 좋으니까 은행에 취업시키고, 큰아들 동현은 고등학교를 나와 서울대 농대에서 농작물 연구를 하여 아버지 대를 잇게 하고, 막내도 공부를 잘해 장학금까지 받을 수 있으면 서울대를 거쳐 외국 유학을 보내는 게 어떨지 생각해 본다. 다행히 숙회 사촌 오빠가 서울 성북구 성북동에 큰 집을 사서 한쪽을 빌려 아이들을 서울로 보내게 된 것이 오늘의 기쁨을 누리게 됐다.

두 내외는 푸른 꿈을 꾸며 얼굴에 웃음을 가득 담고 서로 가볍게 포옹하며 이제까지 힘들게 살아온 보람이 이제 시작이라며 좋아서 어쩔 줄 몰라 했다.

겨울방학이 시작되고 서울에서 공부하던 아들, 딸이 모두 내려와 먹을 것도 많이 장만하게 되고 오랜만에 모두 모이게 되니 세상이 다 우리 것처럼 보이고 기쁘기 한이 없다.

영구는 영감님께 오랫동안 못 뵈어 죄송하다며 인사를 드리고 서울서 함께 공부하던 종수 아들을 복순이 방으로 데리고 들어가니 아들과 두 내외가 서로 부둥켜안고 소리 내며 흐느끼는 모습을 보며 종수와 복순이 짝을 엮어준 보람이 스쳐 간다.

11.
큰아들 결혼

첫딸 선희는 한국은행에 합격하여 교육 중이고, 동현이는 부모님의 뜻을 받들어 서울농대 부속 고등학교에 입학 장학금도 받으며 졸업했다. 서울대학교 농과대 수원 캠퍼스 기숙사에서 자취하며 농공학에 매진 연상구 지도교수의 수제자로 공동 연구도 하고 대학생 특전으로 18개월의 군대에 입대 복무하고 있다.

막내 주현도 시험이 어렵다는 경복고등학교 2학년에 재학 중이다.

어느 날, 토요일 연상구 교수가 두 딸을 데리고 동현이가 복무하는 부대로 면회를 왔다.

"김 군, 잘 지냈나?"

"교수님, 바쁘신데 어떻게 여기까지 면회를 오셨어요?"

지나는 길에 바람도 쐴 겸 두 딸을 데리고 왔다며 인사를 시킨다.

영문도 몰랐던 동현은 두 여인 앞이라 부끄럽고 당황해 어찌할 바를 모르고 얼굴만 붉혔다.

"저는 이곳이 조용하고 전국에서 모인 또래들이라 군 생활도 좋습니다."

"자아 경숙아, 자리를 펴고 가지고 온 음식을 김 군과 같이 먹어보자."

동현은 시키는 대로 '네, 네' 하며 쪼그리고 앉았다.

"자네 불편한 모양이네?"

"아니, 이런 일이 처음이고 낯설어서 그러지요."

"아이고 순진도 하지 차근차근 군대 얘기나 들어보자."

모두 둘러앉아 밥을 먹는데 둘째가 동현이 맞은편에 앉아 유심히 얼굴을 살펴본다.

연 교수는 첫째 딸 경숙을 시집보냈고, 둘째 딸 영란이는 숙대를 나왔는데 딸이 어떤 청년과 만나는 것 같아 사윗감으로 점찍은 동현을 놓칠까 싶어 큰딸과 영란을 데리고 면회를 온 것이다

눈치 빠른 동현은 "교수님이 면회 오실 줄은 정말 몰랐네요. 점심 잘 먹었습니다."

연 교수는 큰딸 귀에다 대고 무엇인가 소곤대더니 자리에서 일어

난다.

얼굴만 보던 작은 딸 영란이가 "군복 입은 모습 잘 어울리네요.?"

"영란씨는 대학에서 무슨 과를 전공했나요."

"예 어머니가 목소리 좋다며 음대를 가라고 해서 성악을 전공했어요. 그런데 소질이 없어 유학을 포기하고 직장에나 다닐까 생각 중이네요."

"지금까지 공부한 게 얼만데요. 포기하면 안 되지요."

"칭찬으로 받아도 될까요? 제가 어떤 여자로 보이시나요?"

"처음 만나 보아 정확히 답하기는 어렵고 첫인상이 좋고 쾌활하고 건강하며 화장도 짙게 안 했는데 피부가 부드럽게 보이네요."

"보시는 눈썰미가 대단하신데요."

"같은 군인 친구가 연애편지를 받았는데 한번 읽어드릴까요?"

영란이가 고개를 끄덕인다.

'달구지 가는 소리 산령을/ 넘는데 물긷는 아가씨/ 모습이 꽃인 양 곱구나/ 사립문 떠밀어 열고 들판을 바라보면-/ 눈부신 아침 햇살 빛에/ 오곡이 넘치네- 야 아!/ 박꽃 향내 흐르는 마을/ 천년만년 누려 본들 싫다손 뉘 하랴.'

"제가 좋아하는 '산촌'이란 가곡인데 '이광석' 시, '조두남' 곡을 붙여 부른 노래인데 2절이 더 재미있어요."

'망아지 우는 소리는/ 언덕을 넘는데/ 흐르는 시냇물 사이로/ 구름은 말 없네/ 농주는 알맞게 익어/ 풍년을 바라보고-/ 땀 밴 얼굴마다/ 웃음이 넘치네! 야 아!/ 박꽃 향내 흐르는 마을/ 천년 만년 누려 본들 싫다손 뉘 하랴.'

"장소가 조용하면 영란씨 목소리로 한번 듣고 싶은데 아쉽네요."

"더 좋은 노래 다음에 불러드릴게요. 동현씨도 가곡을 좋아하니 다행이네요. 음대를 지망하는 학생은 많은데 농촌 출신 여학생들이 모이면 유행가만 불러요."

"가실 길이 먼데 그만 일어설까요."

"친절하게 대해 주셔서 고맙습니다."

두 사람은 아쉬운 채 다음에 또 만나자며 영란이가 동현의 배웅을 받으며 떠나갔다.

면회를 마치고 위병소로 들어가며 "김 병장님, 제대 언제 하세요?"

"너 면회 온 여자들 예쁘던데 누구야.!"

"네, 저의 지도교수님 일행인데 아들 면회 오셨다 들리셨대요."

"너는 복도 많구나"

한편 서울로 돌아가는 차 안에서는 언니가 동생에게 물었다.

“만나 보니 어떻든 아버지가 얼마나 잘 보셨으면 면회를 시켰을까?”

“언니, 충청도 사람이라 말도 느리고 내성적으로 알았는데 말도 잘하고 씩씩해 좋더라.”

“영란이가 마음에 드는 모양이구나.”

아버지가 옆에서 거드신다.

“언니, 잘생기고 으스대는 사람과는 아주 다르더라고. 한 번만 더 만나면 결정을 지을 거야!”

내무반으로 돌아온 동현은 누워서 생각해 보니 교수님이 평소 잘 봐주신 의미가 있었구나.

제대를 앞두고 운전 병사를 졸라 기름은 밖에서 가득 채워주기로 하고 군대 스리쿼터 차로 연병장서 운전을 6주간 배웠다.

사회에 나가 조금만 더 배우면 면허증을 받을 것 같아 기분이 좋았다.

군에서 제대한 동현이는 제일 먼저 제대복을 입은 채, 수원에 있는 교수님 댁으로 찾아갔더니 없으시기에 학교 연구실로 찾아 만나 뵙고 교수님께 제대 신고를 했다.

“자네, 고생 많이 했네. 연구실에 혼자 있으니 일도 더딘데 잘 왔어 복학해야지.”

"네 교수님, 3개월이 남아 집에 가서 농사일을 조금 도우려고요."

두 달만 있다 오기로 하고 오늘은 내 집에서 저녁을 함께 먹자고 하시며 집에다 전화를 거신다.

밖에 나갔다가 집에 들어온 영란이는 어머니가 동현 군이 집에 들렀다 갔다고 했더니 잘생긴 신랑감을 붙잡아 두지 왜 그냥 보냈느냐며 생떼를 쓴다.

잠시 후에 아버지의 차 소리가 나자 영란이가 급하게 뛰어나갔다.

"아버지 오늘도 수고하셨어요."

인사를 마치자 뒤따라 들어오던 동현을 보고 "고생 많으셨죠. 제대 축하드려요."

손이라도 잡고 싶었지만 누가 볼까 봐 앞장서 들어왔다.

"영란아, 언니한테 전화 걸어, 김 서방 제대해서 저녁을 함께하자고 전해."

"여보 미리 얘기하셨으면 장이라도 봐 와야 했는데 이걸 어쩐 담."

"우리 집 먹는 그대로 차리면 되지, 웬 걱정이요."

얼마 뒤 큰딸 내외가 딸까지 데리고 왔다.

언니가 부엌으로 나가 엄마의 일을 돕는다.

"엄마, 얼마나 잘나 보이는지 우리 신랑보다 더 잘 생기고 탐나던데."

"네 신랑도 처음엔 네가 영란이 같이 좋아했지 이것아! 영란아, 나와서 부침개라도 거들어라."

"네, 어머니 금방 나갈게요."

영란은 신이 났다.

"서로 인사 나누지. 이쪽은 내 큰사위, 이 사람은 내 수제자."

"제 처가 건강해서 좋다더니 처음 봐도 씩씩하네요."

"칭찬 고맙습니다."

밥상이 들어왔다. 경숙이가 손가방에서 무엇인가 꺼내더니 "이거 별거는 아니지만, 기념으로 받으세요."

손목시계를 내놓자. 영란이가 채트려 "내가 채워줘야지 손 내밀어 봐요."

모두 함께 손뼉을 치며 축하했다.

"아, 이게 얼마 만이야. 아들 성관이만 빼고 다 모였군."

저녁을 먹고 영란이와 산책을 나왔다.

"수원은 공기가 맑은 편이네요."

"외곽이라 그렇지 시내는 탁해요. 복학하시면 아버지 잔소리 또 들으시겠죠."

"저를 잘 가르쳐 주려고 하시는데 잔소리가 아닙니다."

"동현씨 희미하지만, 별을 볼 수 있어 좋은데요?"

가로등 불빛에 보이는 반짝이는 동현의 눈빛, 영란이는 내 사람 참 흠잡을 데가 없네.

동현이가 "손 좀 잡고 걸을까요?"

손을 잡는데 영란이 손이 따뜻하다.

"어쩌면 손이 이렇게 부드럽고 따뜻한가요. 마음씨도 같겠지요?"

영란이가 어깨에 손을 얹으며 "제가 남자를 처음 보고 반한 것은 동현씨 뿐이예요 알겠어요?"

"남자들이 영란씨를 보면 만나보고 싶을 것 같을 텐데?"

"정말 놀리는 것은 아니지요. 좋아요. 집에 가시면 언제 또 볼 수 있을까요?"

"부모님 농사일 돕다가 2달 있다 올 겁니다."

"그동안 보고 싶어 어쩌지요."

"제가 싫은 건 아니지요."

"한번 안아주실래요?"

동현은 예고 없이 바짝 다가선 영란이가 두려웠다.

그러나 이때다 싶어 "영란씨 살 냄새 참 좋은데요" 하며 끌어안고 키스를 했다.

영란이도 기다렸다는 듯 힘을 주어 안긴다. 얼마가 지났을까.

"참 좋을 때다"

지나가던 아주머니가 길을 비껴가며 한마디 하는데 정신이 들어 입을 떼고 서로 웃었다.

"우리 결혼을 빨리해요."

"그건 이르지요, 복학해서 공부도 해야지요. 또 영란씨도 공부를 더 해야 하잖아요."

"공부 그만하고 결혼 먼저 하고 싶어서----."

영란은 아쉽다며 다시 안긴다.

동현은 영란을 집에까지 바래다주고 기숙사에서 하룻밤 자고 집으로 돌아갔다.

"엄마, 아버지 빨리 보고 싶어."

농장으로 찾아가 먼발치서 허리 굽혀 인사했다. 그리고 지게를 받아지고 앞장 섰다. 뒤따라서 오시던 아버지도 감격해서 "우리 아들 어른이 돼가는군. 네 엄마 고생 많았어."

싱글벙글 두 부자를 바라본 어머니 "참 보기 좋다. 어디서 이런 모습 다시 볼 수 있을까?"

아들 지게를 벗기며 눈물이 핑 돌아 "여보, 이렇게 잘생긴 청년 우리 아들 맞아."

"엄마 눈물 나게 왜 이래요?"

한바탕 웃는 소리에 아랫마을 사람들이 쳐다보고 "저 집 경사 났네! 장가보낼 때가 됐어. 손자도 봐야지."

아버지는 한창 바쁜 농사철에 힘 좋은 아들이 도와주는 게 뿌듯했다.

"어머니 내일 교수댁으로 가야 하는데 말린 산나물 있으면 좀 싸

주세요."

입을 옷과 산나물 보따리를 들고 청주 시외버스터미널에서 수원행 버스를 탔다.

복학하고 도서관에 들어가 책을 읽는데 친구들이 모여든다.

여름방학이 시작돼 집으로 간다고 했다.

영란이가 "바다로 휴가를 가는 게 좋지 않을까요."

"안돼요. 부모님들 기다려서 내려간다고 약속하고 형제들도 다 모이기로 했거든요?"

영란은 "나도 가면 좋겠는데 부모님들 뵙고 형제들도 만나고 부모님들은 나를 보고 허락해 주실 거야! 꼭 가고 싶어요."

야단났다. 아직 부모님들께 말씀을 못 드렸는데 데리고 가면 놀라시겠지.

"내 사랑 영란씨, 대신 안아줄게요."

보고 싶어 못 참고 돌아서서 울먹인다.

"행정 전화로 알아볼게. 울지 말아요! 고운 얼굴 망가져요?"

여러 과정을 거쳐 어렵게 어머니와 통화가 되어 허락을 받았다.

수원서 경부선 열차를 타고 조치원에 내려 갈아타느라 시간이 걸려 청주역에 늦게 도착 택시를 탔는데, 영란이는 싱글벙글 그것도 잠시, 비포장 길이 몹시 울퉁불퉁하여 집이 가까워져 오는데 차멀미가 심해 싸리문을 들어서면서부터 속이 울렁거리며 울컥 토해버리고 말았다.

매우 놀란 동현은 영란이를 부축해서 화장실로 데리고 가면서 어찌할 바를 모르는데 아차, 그곳에는 구더기가 우글거리는 것을 생전 처음 본 영란은 놀라서 바로 정신을 잃어 버렸다.

어머니가 급히 달려 나와 영란이를 들쳐 안고 방으로 들어가 눕히고 우선 동치미 국물을 먹이고 꿀물을 타다 입에 넣어주며 "얘 새 아가, 얼마나 놀랐니? 내가 옆에 있으니 마음 편히 한잠 자거라."

가슴을 밀어주고 팔과 다리를 주물러 겨우 눈을 뜨고 생기를 찾기 시작했다.

온 가족들이 놀라고, 영란이는 동현이만 찾는다. 어머니는 물을 떠다 씻기며 동현만 남기고 모두 밖으로 나가게 했다.

동현은 갑자기 당한 사고라 어머니에게 죄송하고 허둥대는 영란이가 가여워 어찌할 줄 몰랐다.

결국, 영란이는 어머니 숙희와 한밤을 지내고 이튿날 가족들에게 낯이 뜨겁고 미안해 얼굴을 들지 못하겠다며 용서를 빌었다.

온 가족이 아침밥 먹은 뒤 어머니가 좁쌀 죽을 끓여 먹이고 동현이와 밖으로 나가게 했다.

영란은 동현 어머니가 젊은 시절에 입었던 옷을 찾아 입혀 주어 들길로 걸어 나갈 수가 있었다.

"오빠 나 시집 잘 올 것 같아. 저런 어머니라 자식들을 잘 키웠지."

그제야 웃으며 지난 일을 기억하니 부끄러워 어떻게 가족들을 볼 염치가 없다고 한다.

비 온 뒤 땅이 굳는다고 집으로 돌아오니 아버지가 "예쁜 우리 새애기, 너무 놀랐지. 시골은 모두 이렇게 산단다. 그래도 우리 동현이에게 시집 오겠니?"

영란이는 고개를 끄덕이며 "아버님 어머님 고맙습니다. 기왕에 왔으니 하루만 더 머물게 해 주세요."

그날 저녁 가족 모두가 한자리에 모여 저녁을 먹고 영란이를 박수로 환영했다.

농사일 돕겠다고 집에 온 동현은 영란을 데리고 원두막으로 가 참외를 깎아 먹고 냇가로 나가 누구랄 것도 없이 두 사람은 옷을 훌훌 벗어 놓고 물속으로 들어가 영란이 몸에서 아직도 토해서 약간 남아 있는 냄새를 씻으며 물놀이에 빠졌다.

나뭇가지 위에서 매미가 맴맴거리고 개구리들이 텀벙텀벙, 풍치가 좋았다. 푸른 하늘에는 뭉게구름이 두둥실 떠 있다.

"이래서 시골이 좋구나! 오빠! 여기는 누구도 보지 않으니 우리 젊음을 만끽합시다."

동현은 알몸으로 다가오는 꽃보다 더 예쁜 영란이를 바라보고 황홀경에 빠졌다.

"아아 하-- 저렇게 몸매도 예쁜 여인이 내 여자가 된다니 꿈은 아닐까?"

몸이 확확 달아오르고 숨이 가빠지며 도저히 참을 수 없는 그 무엇이 가슴을 뛰게 한다.

동현의 떡 벌어진 어깨에 잘생긴 얼굴, 어쩌면 이런 남자를 만나게 됐을까, 영란은 입이 딱 벌어져 달려가 "오빠야! 아아… 나 좀 꼭 안아줘, 첫 남자 품에 가슴이 부풀어 올라 죽을것 같아."

두 가슴이 맞닿는 순간 전류가 흐르고 입술의 달콤한 감촉에 온몸이 떨리며 참을 수 없는 정열을 불태우며 물속으로 들어가 한동안 끌어안고 웃으며 만족을 느꼈다.

밖으로 나와 바위에 앉아 물기를 말리던 동현은 물속에서 스쳤던 영란의 가슴이 만지면 터질 것 같고, 탱탱하게 부풀어 오른 모습, 마치 익어가는 토실토실한 복숭아를 보는 듯이 볼수록 아름다워 다시 감동하였다.

영란은 첫 경험의 기쁨을 가슴에 가득히 담고 동현을 돌아보며 눈을 크게 떠 보인다.

"오빠아-- 어쩌면 부모님들이 내 남자를 저렇게 잘 빚어 앞에 세웠을까--? 꿈은 아니겠지."

언제까지나 '아담과 이브'처럼 오래오래 이 자리에 있고 싶다고 했다.

집에서 입혀 줄 때는 몰랐는데 내 남자를 낳아준 어머님의 냄새가 밴 옷을 다시 입으며 영란은 젊었을 때 이 옷을 입었던 어머님 모습이 얼마나 고왔을까, 생각해 본다.

고맙고 감사해서 옛날을 떠올리며 상상해보니 웃음이 터져 나왔다.

"영란, 왜 너털웃음이야."

"너무 좋아서 그러지유우--"

두 사람 세상 부럽지 않은 경험을 하고 손을 맞잡고 기분 좋게 걷는데 영란이 목을 흔들더니 아 아--! 소리내어 우리 가곡 노래를 멋들어지게 한 곡 불러 제낀다.

영란의 노래에 흠뻑 빠져든 동현은 앵콜을 청했다"

"오빠야 정말 내 노래 괜찮았어! 어떤 곡을 다시 부를까?"

"오늘 우리는 소원도 이루었고 노래까지 들었으니 정말 행복했어."

두 사람이 한몸 됐으니 본분으로 돌아가 공부도 더 열심히 하고 부모님들께 좋은 모습 보여드리자고 약속도 했다.

집으로 돌아와 어머님이 빨아 곱게 달음질해 주신 옷을 갈아입고 영란은 청주역에서 기차를 타고 손 흔들며 집으로 떠났다.

동현은 아버지와 농사일을 마무리해가며 자연적으로 자라는 녹두알 만큼 작은 야생콩 씨앗을 받아 교수님께 보여드리려 하는데 야생콩은 넝쿨로 감고 올라가 특이했다.

동현은 정년퇴직하시고 충주에 사시는 콩 박사님을 찾아 인사를 드렸다. 학교에 특강을 오셨던 김 박사님은 기꺼이 받아 주시고, 이 콩은 우리나라가 원산지이고 연구 가치가 높아 미국은 우리 콩 종자를 가져다 여러 종으로 생산하여 로얄티를 받고 외국에 종자로 판다고 했다.

재배콩과 접목한 첫 시험은 쥐눈이콩(콩나물콩) 정도를 얻고 계속 연구하며 메주콩, 서리태 검정콩, 파란 콩 등, 우리 전통 종자를 구하러 온도가 낮은 강원도 높은 지역, 그리고 온도가 제일 높은 남쪽 지방, 특히 제주도까지 찾아가 농촌지도소의 도움을 받으며 많은 종의 콩을 수집해서 연구를 계속하여 시제품 몇 가지를 두유 회사에 보내 시험을 부탁했다. 그리고 지도교수님과 협의하여 국제식량연구소에 보고서를 보내고 세계특허도 신청했다.

우리나라의 야생 콩은 낮은 산골짜기, 넓은 들녘 어디서나 볼 수가 있는데 넝쿨 식물로 나무나 잡풀을 감고 올라가 씨앗을 맺어 대를 이어오고 집단으로 자라는 곳에서는 야생동물들 먹이도 되고 생명력이 강해 보전의 가치가 높았다.

한편, 영란은 도서관을 찾아다니며 공부에 열중하며 중등교사 자격증을 따내 첫 발령을 안양여고로 오게 되었다. 교실에 들어서니 예쁘고 젊은 선생님이 왔다고 환영하며 꽃다발을 안기고 박수가 연발 터져 어리벙벙했다고 자랑까지 한다. 두 사람은 자주 만났고 결혼을 서둘렀다.

결혼식은 농대학장 주례로 야외 잔디밭에서 거행했다. 야외 잔디밭은 봄빛에 푸르름이 향기까지 느껴 결혼식을 축하해주기에 충분했다. 양가 부모님, 친척들, 그리고 학교 선후배 식장을 가득 메웠다.

결혼식을 서두른 것은 신부 쪽으로 임신한 지 두 달이나 되어 속이 더부룩하고 구역질이 나서 어머니와 병원에 갔더니 임신 중이라고 해서 반갑기도 했지만, 겁이 나서 결혼을 앞당긴 것이다.

화창한 봄날, 잔디밭에서 거행된 김동현과 연영란의 결혼식은 신랑 친구인 사회자가 능란한 말솜씨로 축하객들을 웃기고 신랑 · 신부를 놀려대느라 식장이 매우 소란스러웠다.

주례는 세계적인 콩 박사가 탄생하기를 기대한다면서 신부의 노랫소리도 청했다.

시골에서 참석한 집안 친척들은 하늘에서 내려온 듯한 예쁜 신부의 노랫소리에 감동했다.

신혼여행에서 돌아온 신랑 · 신부 두 사람이 청주 본가를 찾아왔다.

"아버님 어머님 저희들 잘 다녀왔어요."

꾀꼬리 같은 며느리 목소리에 어른들은 맨발로 뛰어 내려와 손을 맞잡고 방으로 데리고 들어가 큰 절을 받았다.

"그래, 아가 여행은 좋았니?"

"네, 두 분 어른 덕택에 즐겁게 다녀왔습니다."

"신혼집이라도 사줘야 하는데 미안하다."

"우선 저희 친정에서 살면서 차차 장만하는 게 꿈입니다."

"아이고 심성이 착하기도 하지."

"방 한 칸을 수리해 놨으니 오늘은 좋은 꿈 꾸고 그 방에서 자거라."

"예, 아버님 어머님께서도 편히 주무세요."

엄마 될 영란과 아빠 될 동현은 얼굴에 웃음을 띠며 또 하루의 첫날밤에 마음을 설레며 기분이 좋았다. 그런데 동현이 부모님들은 서로 마주 보며 걱정이 많았다.

"우리가 어쩌다 잘 사는 집에서 호강만 하던 규수를 며느리로 맞았을까? 재들이 시골에 와서 살림할 수 있을까 걱정이네요."

"동현이가 박사학위를 받고 직장을 잡으면 그때 가서 얘기합시다."

저녁이 되어 영란이는 "어둡지도 않은데 마당에 왜 연기를 피워?"

"그것은 모기가 우리에게 덤빌까 봐 어머님이 모기 쫓는 모닥불을 피워 놓은 거야."

"자기 박사과정까지 끝내면 집으로 내려와 아버지처럼 농사나 지을 것인지 궁금해."

"나도 지금은 어떤 확정된 계획은 없고 공부를 열심히 해서 새 품종의 씨앗을 개발하여 농민들을 돕고 나라에 도움이 됐으면 좋겠어."

"그럼 나는 아이를 낳고, 살림은 누가 해."

"아이는 장모님이 봐주신다고 했으니 살림은 우리 두 사람이 함께 하면서 슬기롭게 넘어갈 수 있을 거야 괜찮겠지."

신혼부부는 꿈나라로 빠져들어 갔다.

12.
운명적인 만남

첫딸 선희는 은행시험에 합격했다. 얼굴이 고와 카운터에 앉혀 놓으니 젊은 남성들이 선희를 보려고 줄 이어 찾아와 입금액이 크게 늘어 가는데도 그날의 통계를 10분도 안 돼 암산으로 정확히 처리하는 것을 보고 놀란 간부들이 주판알을 튕기며 몇 번을 반복해봐도 신기해 본사 전산반으로 데려다 최종 통계를 맡겼다.

선희는 학교에서 주판을 열심히 튕겨봐도 암산이 훨씬 빨라 암산 2단을 따냈다. 그 정확함에 놀라 평소 선희를 좋아하던 신평수 계장이 결혼을 신청했으나 당시는 여자 사원이 결혼하면 직장을 떠나야 했기에 인재를 놓칠까 봐, 행장님의 제안으로 비밀리에 결혼하고 2년 동안 얘기를 안 낳는 조건으로 묵인해 주었다.

여성단체에서 남녀평등과 인재 손실을 내세워 잘못된 법이 바뀌

게 되어 결혼 신고도 마쳤다

그동안 경복고를 졸업한 막내 주현이가 대학 예비고사에서 전국 78등의 좋은 점수를 받아 서울대 경제학과에 수석으로 입학하고 2학년을 마쳤다.

군대에 자원하여 18개월의 복무를 마치려 하는데, 대학 동기생 윤정숙이 예고도 없이 면회를 와서 잠깐 만나 잠시 이야기만 하고 돌아서는데 "무슨 남자가 예의도 없어, 나보고 돌아가라고? 나랑 하룻밤은 같이 있어 주는 게 예의지."

"여기는 여관도 없고 오늘은 휴가 간 동료 때문에 4시간 외곽 근무를 해 시간을 낼 수 없으니 제대하고 그때 만나자."

정숙이는 눈물을 짜면서 돌아갔다.

주현 부모님은 인물도 좋고 마음씨도 고운데 딸과 두 아들 모두 부모님을 닮아 인물이 훤칠하고 공부도 잘해 보는 사람마다 부러워하고 칭찬을 아끼지 않았다.

주현이는 학교에서도 여학생들이 사귀려 따라 다녔으나 사나운 윤영숙이 자기가 찍었다고 소문을 내 탈 없이 지냈는데 영숙은 시시때때로 찾아와 귀찮게 하는 여인이었다. 그런데 어떻게 알았는지 제대하는 날 정문 앞에 와서 기다리고 있지 않은가?

깜짝 놀라 어찌 된 일이냐고 하니까 제대하고 만나자고 해서 같이 가려고 왔다면서 차표까지 사서 기다리고 있었다.

주현은 기가 막혔다.

평소 학교에서도 시간 나면 쫓아다니며 괴롭히던 윤영숙이 부대까지 찾아와 함께 집으로 가자니 이럴 수 없다며 여러 가지 대안으로 달랬지만, 거머리 같이 매달려 떼어 놓지 못하고 차를 타고 함께 집으로 오면서도 외면했다.

집에 도착하니 어머니가 어찌 된 일이냐고 묻고서 윤영숙이를 따로 방으로 데리고 가 우리 아들이 무슨 일을 저질렀기에 따라 왔느냐고 물어보니 주현 학생이 너무 잘 생겨 하루도 못 보면 병이 날 것 같아 부대까지 찾아갔다며 며느리로 받아 달라고 애원한다.

광대뼈가 튀어나오고 볼품없는 처자가 물러서지 않으려 하니 큰일이다. 아들을 불러 "네가 이 학생에게 책임질 일을 저질렀느냐, 왜 같이 왔느냐며." 질책했다

"어머니, 저를 믿으시잖아요. 저는 윤 양 손목도 만져보지 않았고 싫다고 피해도 따라다녀 머리가 아플 지경입니다."

두 사람 앞에서 자세한 내막을 듣고 어머니가 윤영숙을 자기 방으로 데리고 가 하룻밤 재우고 아침을 먹여 서울 가는 차비를 주고 야단치고 달래며 보냈다.

복학한 주현은 윤영숙이가 끈질기게 따라다녀 피하고 싶어 유학을 준비 중인데, 국비 장학생으로 어렵게 선발되었다.

장학생으로 선정되어 기쁘고 어디로 갈까 하며 고민을 했다.

집으로 내려와 아버지와 어머니, 형과 함께 의논 끝에 지역은 미국 대학으로 정하고 여러 곳을 확인하니 일리로이즈 주립대학에서 입학을 승인해 주어 미국으로 건너갔다.

주립대학은 같은 미국이라도 지역 출신은 등록금이 반이고 유학생은 두 배 그래도 다른 지역보다 등록금이 적고 교수진이 좋아 재학생이 6만 명인 유명한 '일리로이즈' 주립대학에 입학하게 되었다.

미국은 하숙비가 비싸서 자취생이 많은데 방 한 칸에 매월 30만 원 정도이니 큰 부담이 됐다. 주현이는 다행히도 2년 선배와 같은 방을 사용하게 되어 부담이 줄게 되었다.

외국 유학생은 중국인이 많지만, 우등생은 한국과 일본 미국 여학생들에게 인기도 좋았다.

입학 후 얼마 뒤, 한국학생회 선배들이 신입생 17명의 축하파티를 열었는데 외국 유학생은 물론이고 놀고먹고, 즐기기 좋아하는 미국 학생들이 광고를 보고 몰려와 맥주를 마시며 캠프파이어 분위기를 그들이 휩쓸어 경비가 많이 나 신입생들이 조금씩 부담하기로 했다.

축하파티는 길어지고 여학생들이 돌아다니며 미남 학생들을 찾아 데이트 신청을 하고 함께 춤추는 것이 보편화 되어 누구라도 손을 내밀면 춤을 출 수가 있다.

처음 보는 광경이라 주현은 선배들 옆에서 구경만 했다. 그런데 여학생 3명이 주현이를 알아보고 옆자리에 앉으며 함께 춤을 추자고 제의했는데 몸이 아파 잠깐 쉬고 있다고 하니까 다음에 만나자며 돌아갔다.

얼마 뒤 여학생 두 명이 교실로 찾아와 두 학생을 집으로 초대하고 싶다고 했다.

이유를 물어보니 파티에서 눈여겨봤다며 부모님 허락을 받아 준비할 테니 토요일 데리러 오겠단다.

주현은 아버님이 주의하라는 걱정에 혹시 납치당하지 않을까 하여 선배와 상의하니 이곳에선 그런 사고가 없고, 같은 학교 학생이라 걱정하지 않아도 된다는 말을 해주었다.

약속대로 토요일에 초대 받은 한국의 두 학생이 차에 올라 큰 농장으로 들어가는데 사람들이 양쪽에 늘어서서 손뼉을 치며 환영한다.

축젯날 함께 춤을 추자던 여학생 '말린'이 부모님과 함께 옆에 서서 와주어 고맙다고 손까지 잡아준다.

초대받은 집은 아주 넓은 농장을 가지고 있으며 '멀린'은 그 집 둘째 딸로 음악과에서 바이올린을 배운다며 활달하게 자기 집 가족들을 소개해 주었다.

'멀린'은 가끔 부모님들이 음악을 좋아해서 교수를 초대하고 50여 명의 학생을 초청하여 음악회를 여는데 아버지는 피아노를 치고, 어머니는 노래를 불러 자기의 바이올린과 합작한 작은 음악회가 열린다며 자랑까지 한다.

그 후 자주 '멀린'의 초대를 받아 선배와 자주 찾아갔는데 '멀린'은 자유롭게 농장으로 데리고 다니며 자랑도 하고 주현에게 큰 관심을 보여 학교에서도 몇 번 만나면서 가까워졌다.

함께 기숙했던 선배가 박사학위를 받고 본국으로 돌아간다는 소식을 들은 '멀린'은 집으로 다시 초대하여 박사과정을 마친 선배에게 선물도 주고 축하해 주었다.

푸짐한 음식을 차려 그들 가족과 맛있게 먹었는데 '멀린'이 방으로 들어가더니 상장 같은 것을 들고나와 아버지에게 건네고 아버지는 받아서 주현에게 전해 준다. 그것은 박사과정까지의 장학금 납부한 영수증이었다.

알고 보니 삼촌이 한국전쟁에서 전사하셨다고 했다. 그래서 한국을 알고 일 년에 5백만 불씩 학교에 후원금을 내고 공부 잘하는 한국 학생을 추천받아 학비를 지원한다고 했다.

잠시 후 호주 출신 '존 텔러' 미국 국적의 이스라엘 '케넬' 여학생이 찾아왔다.

주현 입술에 키스를 살짝 한, 두 학생은 학교에서 가끔 만나본 '멀린'의 단짝들로 그들도 늘 옆에 따라다니며 주현과 사귀고 싶다며 눈웃음으로 유혹했다.

결국 '멀린'이 눈치를 채고 주현을 차지하기 위해 자신의 집으로 초대까지 해 음식 대접을 해 준 것이다.

자취방으로 돌아온 며칠 뒤에 선배는 귀국하고 혼자 남아 대강 정리하고 시간이 나면 교양과목도 찾아다니고 특히 인류학에 관심이 있어 수강했다.

한국에서는 아버님이 통일주체 대의원으로 뽑혀 대통령 선거를 할 때 조선호텔에서 서양식 변기를 보시고 흙으로 모양을 만들어 옹기점으로 가서 크기를 맞추고 바닥도 가져가 발라 대 · 소변 보기도 쉽게 해 놓았다.

그것은 큰 며느리가 화장실 때문에 기절까지 한 사건 뒤 혹시 미국에 간 아들 녀석이 혹시나 여자친구를 데리고 올까 봐, 미리 준비한 것인데 사람 일은 누구도 앞일을 알 수가 없다.

'멀린'은 부모님들이 주현이 보고 싶다며 집으로 데리고 오라고 해서 데이트도 같이하며 점점 친해져 갔다.

두 분 부모님들은 만날 때마다 한결같이 웃어주며 찬찬히 살피며 좋아했다.

주현은 미국 사람들 참으로 무섭구나-- 사윗감으로 점찍어 놓고 바쁜 일 하다가도 만나면 만사를 제쳐 놓고 웃으며 반겨주는 그물망에 완전히 잡힌 것으로 생각했다.

어느 때인가 '멀린'이 한국의 주소를 가르쳐 달라고 해서 질문을 했더니 한국에 계신 부모님들을 미국으로 초대하고 싶은 게 부모님들 소망이라고 한다. 아무튼, 한국인들 누구나 오고 싶어 하는 미국에 두 분이 오실 수 있다는 것은 반가운 소식이다.

'멀린'은 자신 있게 주소를 받아 손을 흔들며 돌아갔다.

미국의 농부들은 그 어마어마한 땅에 농사를 지으며 인부들과 함께 괭이로 흙을 다듬으며 땀 흘러 농장을 관리하는데 놀라웠다. 그것이 미국 국민의 근면한 정신이고 큰 국가를 경영하는 힘이 됐다는 것을 깨달았다.

드디어 한 달 뒤 부모님들이 미국에 올 수 있는 여권과 비행기 표가 전달됐다는 편지가 왔다. 편지 속에는 무엇을 선물로 가져가야 하는지 알려 달라고 해서 양복 집 기사를 데리고 가서 '멀린' 부모님 몸체를 줄자로 정확히 적어 보냈다. 그리고 한국의 특산물 모시옷과 인삼 특산품을 주문했다.

미국에 오기로 약속된 날 '멀린'과 함께 시카코 공항으로 가는데 부모님 차에 옷을 곱게 입고 탑승한 '멀린'이 주현의 허리를 끌어안고 입술을 비벼댄다.

처음엔 장난치는 줄 알았더니 키스 세례에 숨이 차오르는데 부모님들은 손뼉을 치며 폭소를 터트린다.

생전 처음으로 맛보는 '멀린'의 키스에 가슴이 뛰고 열이 오르며 숨이 가빠져 두 분이 아니면 옷을 훨훨 벗고 가슴으로 뭉개며 오랫동안 안아주고 싶었다.

비행기는 20분 늦게 도착했는데 저 멀리서 '멀린'의 두 친구가 부러운 듯 바라보더니 돌아서서 눈물을 닦는 것처럼 보였다.

외국 사람들 틈에 파나마 중절모에 하얀 모시 두루마기에 그 옆에는 노랑 저고리에 분홍치마를 입은 주현의 아버지와 어머니가 두리번거리며 사람을 찾는 게 보여 주현과 '멀린'이 뛰어가 반갑게 인사하며 짐을 챙겼다.

"멀린은 아빠, 어마 비행기 타고 오시느라 고생 많으셨습니다."

"저는 김주현 학생 친구 '멀린'이라고 합니다. 잘 오셨어요."

주현은 깜짝 놀랐다. 한국말을 못 하는 줄 알았던 '멀린'이 우리말로 깍듯이 인사를 하는데 발음은 조금 어색했지만, 소통은 충분했다.

"우리 작은 며느리 될 사람이구먼, 예쁘구먼."

어머님이 안아주며 반가워하니 '멀린'은 좋아서 입이 벌어지고 아버님도 좋아하셨다.

주현이 "멀린, 한국말을 잘하면서 나에겐 왜 모른다고 했어?"

"미스터 김 당신 미국에 공부하러 왔어요, 잘하고 있어요, 내가 한국말 알면 모르는 것 있으면 가르쳐 달라고 자꾸 말할 텐데 공부 누가 하나요? 당신 혼자 해야 해요. 첫눈에 내 마음을 빼앗은 당신, 내 사람 만들려고 얼마나 힘들었는데, 두 친구에 안 주려고 미스타 김 선배와 우리 집에 자주 데려오고 우리 집 일꾼들과 아버지, 어머니가 얼마나 많이 살펴보고 토론 끝에 점 찍은 후에 대학가 동네 한국인 슈퍼에서 추천받아 한국어가 능통한 집에서 한글의 기본을 배우고 초등학교 국어책 1, 2, 3학년 교재로 말을 배우고 그 집을 찾아가 한국말로 대화하면서 6개월 동안 코피 나게 한국어 공부했어요. 나 '멀린', 이번에 엄마와 같이 다니며 한국말 더 배울 거예요."

"어렸을 때는 엄마, 아빠 하다가 커서는 어머님, 아버님 그래야 하는 것을 '멀린'이 몰랐구나."

밖으로 나와 인사를 마치고 휴게소에서 쉬면서 '멀린'의 통역으로 인사말을 주고받았다.

끝없이 펼쳐진 밀밭, 파란 옥수수의 평원, 큰 산이 없는 '일리로이즈' 넓은 지평선을 한국에서 오신 두 분은 보는 것마다 신기해 입을 다물지 못한다.

집에서는 농장 사람들이 손님 맞는 예의로 늘어서서 박수로 환영해 준다. 칠면조를 잡고 시카고 한식당에서 주방장을 데려와 하얀 쌀밥과 각종 김치로 만찬장은 더 볼 수 없는 최고급으로 차려졌다.

주현 부모님들은 환대에 놀랐고 이렇게 성대하게 한국 음식까지 만들어 준비했는지 감탄했다. 더구나 잠자리도 호텔보다 더 화려하고 편하게 준비해 주었으니 아들 덕에 호강에 빠져 편하게 잠자리에 들었다.

하룻밤을 지내고 다시 차에 올라 링컨 대통령 생가를 둘러보고 나이아가라 폭포가 잘 보이는 호텔 방이 예약되어 휴식을 취했다.

이튿날 폭포 구경을 하고 워싱턴으로 갔는데 '멀린' 부모님들은 농산물 관리 때문에 부득이 먼저 집으로 돌아가야 한다며 예약된 비행기로 집으로 떠났다.

'멀린'이 통역을 하며 워싱턴과 뉴욕 곳곳을 구경시켜 드리고 5박 6일 관광 일정을 마치고 시카고로 돌아왔다.

그동안은 주현은 아버지와 잠자리를 같이 하며 많은 이야기를 나누었고 어머니는 '멀린'이 함께 모시고 잠자리는 물론 여러 가지 이야기를 나누며 친해지려고 노력했다.

"어머님, 아버님, 여행하시느라 힘들었지요? 다음엔 '멀린'이 서부쪽 유명한 국립공원을 보여주겠다며 두 분 손을 잡고 환하게 웃으며 말하니 두 분도 고맙다며 함께 웃었다.

부모님들은 '멀린'의 유창한 우리말에 감동하며 손뼉을 쳤다.

미국에서 마지막 밤을 같은 호텔에서 부모님들이 한방을 쓰시고 주현과 '멀린'이 방 한 칸에 젊은 한 쌍이 결혼 전 첫날 밤을 같이 지내게 됐다.

주현이 먼저 샤워하고 '멀린'이 더운 물속에 몸을 담그고 나오더니 "어, 내 남자, 어깨 벌어지고 온몸이 매끈매끈하구나, 아이고 좋아라."

빙글빙글 춤을 추며 돌더니 물기를 닦고 침대 속으로 주현을 밀어넣고 깔깔대며 그동안 가슴만 태우던 젊음의 향취를 얼마나 기다렸던가. 엎치고 뒷치고 뒹굴며 마음껏 정열을 불태웠다.

'멀린'은 얼굴이 환해지고 소원성취했다며 키스를 연발로 하며 주현을 매료시켰다.

"내 남자와 첫날밤 좋았던 것을 부모님들께 자랑하고 싶어요---."

다음날 한국으로 떠나는 주현이 부모님께 '멀린'은 건포도와 말린 양고기 육포. 볼펜 50자루를 선물로 드렸다.

김포공항에 도착한 부모님들은 아주 크게 만족했다며 큰아들 동현이 운전하는 코로나 차에 올라 청주 집으로 무사히 돌아갔다고 했다.

학교로 돌아오니 이스라엘 여자 친구가 "미스터 김 나는 네가 내 짝이 되기를 원했는데 부잣집 힘에 밀려 빼앗긴 게 섭섭하다."라며 눈물 젖은 얼굴로 키스를 청한다.

"케니벨 내 어디가 그렇게 좋았어?"

"사실 서양 남자들은 온몸에 털이 많고 신사 같지만 더러는 성질이 나빠 와이프를 때리고 자주 싸우고 이혼도 하더라고. 우리 세 명은 동양인들을 만나 누구나 좋아할 학생을 만나면 함께 만나고 괜찮으면 데이트도 해보고 짝을 만들자고 약속을 했었지, 그런데 신입생 환영식을 한다는 포스터를 보고 한국 학생들 축하회 장소에 가서 술도 마시고 춤도 추었는데 유심히 살펴보니 그중에 눈에 확 들어오는 학생으로 '미스터 김'이 보이더라고, 그래서 가까이 세 번을 돌아보고 점 찍었는데 '멀린'이 저 사람을 내가 좋아할 것 같아---. 처음엔 별로 생각을 안 했는데 '멀린'이 적극적으로 나선 거야. 요즘은 동양인 중에 한국 학생이 인기가 좋은 것은 우수한 두뇌, 성실하고 과학문명을 발전시키는데 재능과 믿을 수 있는 신뢰가 쌓여 미국 기업들이 졸업하는 날 찾아와 스카우트하고 있다고. 미스타 김은 유학을 왔으니 집이 부자일 거고 그 맑은 눈, 털 없는 몸매도 좋은 데다 친절하고 마음 따뜻하잖아, 얼마나 좋아했었는데."

눈에서 눈물 그렁그렁하며 정말 억울한 모양이다.

주현은 '케니벨'에게 참으로 미안하다며 달래주고 어깨를 두드려주었다.

"그런 마음을 갖고 혼자 짝사랑만 했어."

"멀린은 친구이고 믿었는데 먼저 채갔잖아."

"앞으로 언제나 친구로 다시 만나자."

'케니벨'은 억울하다며 눈물을 보이고 뒤도 돌아보지 않고 뛰어갔다.

'멀린'과 두 친구는 성격이 좋고 예쁜 편인데 이스라엘 여학생은 머리털이 금발에다 매력이 넘치고, 호주 여학생은 머리부터 피부까지 전체가 하양이라 거리를 두고 만났는데 '멀린'은 머리털이 짙은

회색, 콧날이 오뚝하고 볼우물에다 웃는 모습이 귀여워 미국 남학생들도 쫓아다니던 미인이었다는 것을 뒤늦게 알았다.

미국은 여러 나라가 함께 세운 나라라 다민족 국가, 어느 나라 사람들과 사귀거나 결혼도 할 수 있고 좋아하면 가정을 이룰 수도 있다.

"멀린, 그 많은 남학생 중에 내가 어디가 좋았어?"

"미남 배우 '그레고리팩'을 좋아했는데, 키는 조금 작지만, 당신의 웃는 모습이 비슷하고 눈이 어린아이같이 맑고 거짓말 못 하는 정직함, 얼굴에 털도 없잖아. 몸매도 늘씬하고 그래서 죽자 살자 내 사람으로 만들려고 꼭 잡아서 성공했지. 첫 번째 집으로 초대했을 때와 두 번째 우리 농장 구경하다 아버지가 일하는 연장을 달라고 하더니 풀 뽑기를 30분도 더하는 것을 보고 아버지도 감동하고 땀을 닦아주며 포옹할 때 놀라웠지, 저런 사람이면 평생을 같이해도 좋겠다는 확신이 들어 한국어 공부를 하게 됐거든. 그리고 털 없는 얼굴, 키스해 보면 얼마나 좋을까, 그래서 더 좋아했어!"

"멀린, 좋아하는 미국 남학생들도 많은데 그들과는 왜 안 놀아?"

"선배가 일본 남자와 결혼을 했는데 무릎 꿇고 앉게 하고 일본 옷만 입으라고 해 싫다더라고. 그런데 한국 사람은 자유롭고 여자들 한복이 얼마나 고와. 나 당신과 결혼해서 예쁜 한복 입고 싶어, 특히 색동저고리 남색 치마 얼마나 예쁠까? 우리 아버지, 어머니도 김주현이 큰 사람 될 거라며 적극적으로 지원하잖아. 그래서 '미스터 김' 자췻집에 자주 갔고 더 친해지려고 노력한 것이야 알겠지."

13.
주현과 멀린의 결혼

2년 뒤 박사학위 논문도 통과되고 추수가 끝나 주현과 '멀린'이 부모님을 모시고 한국으로 왔다.

큰아들 동현이 부모님과 김포공항으로 올라가 두 분을 모시고 조선호텔에 짐을 풀게 했다.

저녁 시간이 일러 경복궁을 먼저 돌아보고 명동거리 야경을 걸어 호텔로 들어와 호텔 식당에서 저녁을 먹고 이튿날은 남산에 올랐다.

서울의 고궁은 전란도 겪었지만, 왕궁의 명당 자리에 터를 잡고 5백 년을 지켜온 아름다운 곳이다. 그리고 인원 제한이 있어, 30분 대기하고 '비원'을 구경했다.

일행은 서울의 낮과 밤 풍경을 살펴보고 화려하며 아름답고 훌륭한 한국의 수도라며 찬사를 보냈다.

서울에서 이틀 밤 지내고 천년 고도 경주로 떠났다.

경부고속도로를 달리며 차창 밖으로 펼쳐진 노랗게 익어가는 가을 논 풍경을 보며 '멀린'의 가족들은 손을 흔들며 환호했다.

경주 관광호텔에 짐을 풀고 불국사와 박물관, 오릉을 돌아보며 예술적인 문화가 담겨 있는 화려했던 신라 천년의 역사와 전통이 엿보이는 정취에 흠뻑 빠졌다.

주현은 신라는 천년 전, 6개 작은 마을로 시작해 가야가 통합되고 불교 문화를 꽃피워 번성했고 '화랑도'라는 젊은이들을 뽑아 강하게 훈련해 군대의 지휘자가 되어 나라를 지키는 데 큰 힘이 되어 결국 당나라와 힘을 합쳐 백제와 고구려를 멸망시켜 삼국통일을 이루고 행패를 부리던 당나라 군대까지 몰아내고 강한 나라로 우뚝 선 이야기도 들려주니 우리 사위 똑똑하다는 칭찬을 받았다.

'멀린'의 부모님들, 특히 아버님은 소담한 소나무 숲이 많은 삼릉에서는 미국 '요세미테' 국립공원의 웅장하고 광대함보다 경주의 아기자기한 소나무 숲이 아름답다며 구경하느라 아예 주저앉아 이쪽 저쪽 돌아보며 시간 가는 줄 모르며 일어날 줄 모르신다.

서울로 올라와 약속대로 용인 민속촌에서 우리나라 전통 결혼식을 올려 주현과 '멀린'은 이제 정식 부부가 되었다.

양가 부모님과 가족 친지들, 소식을 들은 주한 미국대사 내외까지 참석하여 빛이 났다.

미국은 큰 농장의 대표를 우대하여 외국에 가면 정부가 알리고, 대사들이 영접하고 환영하는 것은 농부들의 힘이 크기 때문이다.

'멀린'의 부모님도 한복을 준비해 놓고 자랑까지 하며 좋아했다. '멀린'이 색동옷에 볼에 연지곤지를 찍고, 주현은 사모관대 도포를 입은 모습이 보기 좋아 외국 관광객들이 전통 결혼식장에 몰려들어 사진 찍느라 북새통을 이뤘지만, 덕분에 국제적인 행사로 대성황을 이루었고 무사히 결혼식을 마쳤다.

'멀린'은 주현을 자주 만나는 바람에 임신을 하게 되었고 결혼해야만, 아버지로부터 집 한 채와 농토도 얼마간 상속받을 수 있었다.

'멀린'의 아버님이 보고 싶다던 DMZ 휴전선을 보여드릴려고 해안을 달리며 가는데 동해를 바라보며 경치가 좋다는 곳곳에 차를 세우고 사진을 찍어주니 좋아하신다.

"우리 사위 나라 원더풀!"

'멀린'도 꿈나라 같다며 차가 머물면 키스를 연발하니 주현도 만족했다. 통일전망대에 도착해 안내 장교로부터 설명을 들었다.

"미국에서 오신 손님, 이곳에 오신 것을 환영합니다."

"여기는 우리나라 동해가 있는 최북단으로 38선 당시 이북 땅인데 치열한 전투 끝에 미군의 지원을 받아 한국군이 되찾은 아름다운 곳입니다. 저기 아스라이 보이는 산이 그 유명한 금강산이고 쌍안경으로 보시면 해금강을 확실하게 보실 수 있습니다.

혹시 시간이 되시면 세계적으로 가장 치열했던 6·25전쟁의 마지막 격전지인 철의 삼각지 '백마고지'를 방문하시면 한국전쟁의 참뜻을 알게 될 것입니다.

산 높이는 305m. 2년 동안 백마고지를 차지하기 위해 빼앗고 빼앗기고 수십 차례, 양쪽 포화로 고지가 수십 미터 낮아진 곳은 그곳밖에 없습니다. 사실 미국의 맥아더 장군이 인천상륙작전으로 승기를 잡아 압록강까지 전진했으나, 중공군 개입으로 중부전선에서 치열하게 전투를 벌이며 1953년 7월 27일 휴전협정이 체결되어 나라를 다 찾지 못했습니다.

백마고지는 1952년 10월 6일부터 15일까지 아군 9사단과 미군이 중공군 3개 사단을 격퇴하고 사수하므로서 우리 땅이 되었습니다.

수많은 전사자를 냈는데 그곳의 사수는 우리나라 최고의 기름진 평야로 좋은 쌀의 생산지여서 적에 빼앗기면 40Km 이상을 내주고 우리가 이기면 평야를 얻고 평양과 원산으로 오가는 통로를 차지하게 되므로 중요한 요충지로 김일성이 백마고지를 빼앗긴 후에 통곡을 했다고 합니다."

사실 '멀린'의 작은아버지도 강원도 양구 펀치볼에서 중공군과 싸우다 전사한 인연도 있다.

안내 장교는 "금강산에 가까운 작은 금강산이라 여기는데 설악산도 이북 땅, 우리가 얻은 것인데 경치가 매우 아름답습니다. 돌아보시고 진부령을 넘으시면 내설악의 알록달록 단풍도 보실 수 있습니다."

주현은 장인어른 요청으로 속초에서 특산물, 명태 정식을 먹고 바닷가에 줄지어 말리는 오징어를 신기해하던 부모님을 모시고 설악산을 구경하고 진부령을 올랐는데 동해에서 잡은 명태를 건조대에 얹어 말리는 진풍경을 보고 감탄했다.

갓 잡은 명태를 건조대에서 겨울 동안 건조하면 북어가 되는데 북어 요리는 건강식이고 한국인이 좋아하는 바닷가 생선이다.

주현은 지난해 말려놓은 북어 한 쾌(1쾌는 20마리)와 김포공항에서 태극부채 50자루와 인삼을 구입하여 한국을 떠나는 '멀린' 부모님께 기념품으로 드렸다.

'멀린'의 부모님들은 작은 나라 곳곳이 아름다운 한국의 풍경이 미국서는 볼 수 없었던 아기자기한 산과 들, 바다까지 어쩌면 이렇게 좋은 나라가 우리 사위의 복된 나라인지 '원더풀, 원더풀'을 외쳐댔다.

주현 부부는 가을 수확기에 일손을 도우러 청주로 왔는데 '멀린'이 다른 농부들 벼 베는 모습을 보고 자기도 베어보고 싶다고 해서 어머니의 헌 옷을 입혀 논으로 데리고 갔는데 처음에는 차근차근 몇 포기를 베고 농부들이 여기저기서 미국 여자를 보면서 잘한다고 하니까 신이 나서 덤비다가 개구리가 튀어나와 놀라 뒤로 넘어지며 낫 끝이 종아리를 스쳐 붉은 피가 흘러 모두 놀라게 했다.

아버지가 논둑에서 쑥을 잘라 손으로 비벼 상처에 붙이니 피가 멎었다.

"아버님 의사이신가요, 신기하고 아프지도 않아요."

집으로 돌아와 약을 바르고 다음 날 미국으로 떠났다.

주현은 부전공으로 하버드대에서 인류학을 전공해서 석사까지 받았는데 청주에 있는 충북대학교에 초빙받아 역사를 담당했는데 청주 가덕면에서 발굴한 유물을 살펴보고 감동되어 박물관장님의 안내로 곰 뼈를 원형대로 복원한 것을 보고, 소년으로 보이는 유골이 완전해 미국으로 가져가서 정확한 측정, 생성 연대와 나이가 밝혀져 이융조 교수와 뼈를 맞추고 피부를 입혀 '홍수 아이'로 이름을 지어 현재 대학박물관에 전시되고 있다.

홍수의 이름은 석회광산을 개발하던 관리자 이름이 '홍수'라서 지은 이름이고 그곳에서는 코끼리 이빨과 하이에나 동물 뼈도 찾고 구석기 등 유물이 많이 출토되어 귀중한 역사 자료로 보존되고 있다.

가난했던 농부 김영구는 유능한 중년 농사꾼이 되었고 그의 명성은 전국적으로 알려져 강의 초청도 받았고, 젊은 농부들이 찾아와 강의도 듣고 갔다.

그는 젊은 농부들에게 유기농법과 특용작물 재배법도 설명하고, 새로운 영농 뿐만 아니라 앞으로 닥쳐올 과학영농을 대비하여 '컴퓨터'와 '디지털' 공부가 필수라며 열심히 노력해야 한다며 그것도 가르쳤다.

장남 동현은 농공 박사 대학에서 농업의 근대화를 연구하며 외국 학자들과 교류하며 영농철이 다가오면 시간을 내어서 부인, 아들, 어린 손주까지 데리고 청주로 내려와 함께 무논에 모도 심고, 수확 철에도 고향으로 내려와 할아버지를 도와 벼수확까지 도우며 농사일을 배우게 했다.

세월은 그렇게 흘러가고 손자 손녀들이 커서 음악, 과학, 경제, 각 분야에서 열심히 공부하여 희망도 넘쳤다.

14.
김영구 님의 칠순 잔치

몇 년이 지나 큰딸, 동현, 주현이 청주로 내려와 아버지 김영구님의 칠순 잔치를 차렸다.

검은 머리의 한국 손자 손녀, 파란 눈의 미국 손자들, 9명이 예쁜 한복을 입고 할아버지 앞에 무릎을 꿇고 앉았다가 인사를 드리고 일어나 감주잔을 받아들고 졸망졸망 걸어가 잔을 드리며 할아버지 생일 축하합니다. 할아버지 저도요, 저도요, 또 저도요---.

큰 장손 상윤은 할아버지처럼 땅을 사랑하는 농부가 되겠다고 했고, 손녀는 의사가 되겠다고 했다. 저마다 희망을 알리는데 미국의 큰 손자 상준은 저는 항공우주연구를 해서 할아버지에게 달나라 구경시켜 드리는 게 꿈이라고 하니까, 여기저기서 박수가 터져 나왔다.

김영구 님의 칠순 인사말

"저를 친자식처럼 키워주신 '최창수' 어른과 머슴이던 저를 정다운 이웃으로 받아 주신 마을 어른들과 주민들께 참으로 고맙습니다.

우리 시대의 농촌은 가난했고 농사일도 힘이 들어 고생도 많았습니다. 이제부터는 새로운 시대 과학 문명이 발달하면서 다루기 쉬운 농기계가 보급되면서 농촌도 잘살게 돼가고 있습니다.

오늘 제가 칠순 잔치를 열게 된 것은 그동안 저를 아껴주신 마을 분들과 함께하고 마을이 살기 좋게 변해가는 기쁨을 같이 축하하려는 마음이 담겼습니다. 그리고 또 하나 기쁜 소식은 앞으로 농촌이 더 발전하려면 청소년들에게 중학교 이상 교육을 받아야 하므로 그들을 지원할 장학금 일억 원을 최창수 어른께서 내놓으셨습니다. 그동안 재산을 정리하면서 자식들 몫만 남기고 가난한 소작인들에게 땅도 물려주시고 형편 되는 대로 매년 조금씩 갚으면 모두 소작인들 땅이 되는 것이지요.

(우레와 같은 박수가 터져 나왔다.)

그뿐만이 아닙니다. 조형구 어른께서도 재산이 정리되는 대로 장학금을 크게 돕겠다고 하셔서 이 자리에 모셨습니다.

(박수가 더 크게 터져 나오고)

저도 천만 원을 보태겠고요. 우리 마을에 내년이면 아스팔트 도로가 포장되고 시내버스도 들어오기로 약속을 받았어요.

저와 제 자식, 손자 대까지는 이 땅의 흙을 사랑할 것입니다.

여러분께서 이렇게 자리를 빛내주시어 감사합니다."

아버님의 인사말에 이어 동현과 영란 부부가 앞으로 나와 나란히 서서 인사를 드렸다.

"여러분! 오늘 저희 아버님 김영구 님의 칠순 잔치에 참석해 주신 마을 주민님들, 내외 귀빈과 우리 가족들과 함께 해주시어 대단히 고맙습니다. 저희는 큰아들 김동현, 큰 며느리 연영란 음악선생입니다. 그리고 색동옷을 입고 바이올린을 든 아랫동서는 미국 음악교수이고 이름은 '멀린'으로 우리말이 유창하고 오늘 함께 여러분께 좋은 연주를 해 주시겠습니다.

우선 다 함께 부를 수 있는 '고향의 봄' 연주를 시작으로 저희 아버님이 늘 좋아하시던 우리의 가곡 '가고파'를 가족 합창단이 부르고 동네 어르신들의 축하 농악 공연이 있겠습니다. 열광의 박수를 부탁드립니다."

행사가 시작되고 '멀린'이 그렇게 입고 싶어 하던 색동저고리, 남색 치마 입은 모습도 보기 좋았다. 바이올린 전주곡 연주가 심금을 울리고 한복을 곱게 차려입은 큰 며느리 영란의 꾀꼬리 같은 맑고 고운 노래가 시작되자 모두가 일어나 합창으로,

'나의 살던 고향은 꽃피는 산골/복숭아꽃 살구꽃 / 아기 진달래/울긋불긋 꽃 대궐 차리인 동네 /그 속에서 놀던 때가 그립습니다.'

고향의 봄, 노래가 모두를 즐겁게 했다.

미국 며느리의 바이올린 음색이 높아지고 모두 하나 되어 함께 춤추며 시간 가는 줄 모르고 할아버지 김영구와 할머니 안숙희도 마당으로 내려가 손자 손녀를 끌어안고 몸을 흔드니 분위기는 더욱 무르익었다.

큰 며느리 '영란'이가 목청을 높여 합창단 앞으로 나왔다.

'내 고향 남쪽 바다 –그 파란 물-눈에 보이네/꿈엔들- 잊으리요-/그 잔잔한 –고-향바다/지금도 그물새들 날으리 가고 파 라 가고 파/어릴 제 같이놀 던 그동 무 들 그리워라/어디간들 잊-으리요 그 뛰 놀 던 고향동-무-/오늘은 다 무얼 하는 고/ 보고파라 보고 파/그 물새 그 동무들 고향에 다 있는데 /나는 왜 어

이타가 떠나 살게 되었는고/온 갖 것 다뿌리치고 돌아갈가 돌-아가/가서 한데얼려 옛날 같이 살고-지고 /내- 마음 색동 옷 입혀- 웃고웃고 지-내고저-/그날 그 –눈물 없던 때를- 찾아가자, 찾-아가.'

아들, 딸, 며느리, 사위, 손자, 손녀, 손잡고 부르는 가곡 '가고파' 노래가 모두에게 감동을 줬다.

뒤이어 태평소를 앞세운 마을 농악대가 한바탕 마당을 빙빙 돌며 풍장을 치며 우리 농요와 장구 북, 꽹과리 징 치는 소리에 이웃 마을 주민들도 찾아와 대성황을 이루었다.

생전 처음 보는 칠순 잔치 참가자들은 읍내에서 영화 지름은 했지만, 외국 며느리의 바이올린, 선녀같이 예쁜 큰 며느리의 꾀꼬리 같은 노래, 어디에서도 볼 수 없는 축하 공연에 넋을 잃고 구경하느라 잘 차려진 음식들을 뒤늦게 먹고 마시고 흥겹게 끝날 줄 몰랐다.

동네에서는 돼지 두 마리를 잡고 음식을 푸짐하게 차렸는데 복순이 내외가 큰 힘을 쏟았다.

"가난했던 농부의 아들 영구는 무엇이 부러울까?"

부부는 끌어안고 기쁨에 못 이겨 눈물을 흘렸다.

"우리는 죽을 때까지 이 땅을 사랑하고 지킬 거야!---"

두 팔을 하늘 높이 들고,

"김영구 – 안숙희---? 우리 크게 성공했다아---."

영구는 보통 농부가 아니고 농촌이 가난했던 1960년부터 산업사회로 부강한 나라를 일으킨 1990년대까지 농촌을 부흥시키며 자식들을 대학에 보내 공부시키며 고난과 시련을 몸으로 이겨낸 흙의 아들이다. 혼자 맨주먹으로 고달픈 머슴살이 이겨내고 학교에 가지 못해 글을 못 배운 까막눈 아이들에게 글을 가르쳐 문맹을 퇴치한 선구자였고 농업의 선진화 연구로 꿈을 이루었다

소설 농부 김운기 장편소설

초판 인쇄 2023년 5월 19일
초판 발행 2023년 5월 25일

지 은 이 김운기
발 행 인 노용제

발 행 처 정은출판
등록번호 신고 제301-2011-008호(2004. 10. 27)
주 소 04558 서울시 중구 창경궁로1길 29. 3F
전 화 02)-2272-8807, 02)-2272-9280
팩 스 02)-2277-1350
홈페이지 www.je-books.com
이 메 일 rossjw@hanmail.net

ISBN 978-89-5824-484-4 (03810)
값 12,000원